KB037954

자신의 길을
오늘도 내일도 걸어가는
모든 이들을
응원합니다.

나는

―

동화
작가다

나는 동화 작가다

1판 1쇄 2021년 4월 10일

글 임지형

펴낸이 모계영
펴낸곳 가치창조
출판등록 제406-2012-000041호
주소 서울 종로구 사직로8길34, 1104호(경희궁의 아침 3단지 오피스텔)
전화 070-7733-3227
팩스 02-303-2375
이메일 shwimbook@hanmail.net

ISBN 978-89-6301-238-4 (03810)

가치창조 공식 블로그 http://blog.naver.com/gachi2012

나는

—

동화
작가다

임지형
소설

가치창조

차례

나는 아이들이 싫다

나는 동화 작가다. 등단한 지 5년째로 스무 권의 책을 냈다. 지금까지 낸 동화는 많은 아이에게 사랑받고 있다. 주로 '아이들 눈높이를 잘 맞추는' 혹은 '아이들 맘을 사로잡는' 작품을 쓰는 작가로 알려져 있다. 나름대로 동화 작가로 성공했다고 생각하는 이유도 그래서다.

열 권 정도의 책을 냈을 때부턴 강연도 곧잘 들어왔다. 주로 도서관이나 초등학교에서 들어오는데 나갈 때도 있고 나가지 않을 때도 있다. 가끔 나가는 경우가 있긴 한데 그건 주로 어른 대상으로 하는 강연회다. 이유는 글 쓰는 시간을 빼앗기기 때문이기도 하지만 사실 다른 문제가 있다.

나에겐 치명적인 문제가 있다. 아직 누군가에게 한 번도 말해 본 적이 없는 아주 큰 문제인데, 그건 바로 아이들을 싫어한다는 거다. 아이들 눈높이를 잘 맞춰 아이들의 맘을 대변한다는 평을 듣는 동화 작가인데, 아이러니하게도 아이들을 싫어하다니? 이건 지나가는 소가 들어도 웃을 일이다. 하지만 어떡할 것인가? 아이들이 싫은 건 싫은 거다.

나는 아이들이 싫다. 시끄럽고, 막무가내고, 말귀도 못 알아듣고, 버릇없고, 무엇보다 지저분해서 싫다. 난 신경질적인 결벽증이 있어서 지저분하고 더러운 건 딱 질색이다. 그런데 아이들은 더럽다. 코를 파서 입에 넣질 않나, 더러운 손으로 이것저것 만지질 않나, 게다가 어떤 애는 지렁이를 아무렇지 않게 들고 논다. 욱, 생각만 해도 토가 나오려고 한다. 어쨌든 난 아이들을 싫어하고, 아직 그 비밀을 누구에게도 말하지 않았다. 여태 철저히 잘 숨겨 왔다. 왜? 말하지 않았나? 난 동화 작가라고!

"어머, 아직 결혼도 하지 않았는데 어떻게 그렇게 아

이들 맘을 잘 알아요? 작가님은 정말 아이들을 사랑하나
봐요."

"동화를 쓰시는 것 보면 영혼이 굉장히 순수할 것 같
네요."

사람들은 처음 보는 내게 늘 이런 식으로 말한다. 물론
그들은 나를 아니 동화 작가에 대해서 잘 모르기 때문에
하는 소리일 거다. 동화를 쓴다고 하면 무조건 순수할 거
라는 둥 영혼이 맑을 것 같다는 둥 하는데……. 글쎄 내
가 나를 봐선 결코 그렇지만은 아닌 것 같다. 그러니 그
들은 말도 안 되는 착각을 하는 거다. 그렇다고 굳이 알
려 주고 싶지도 않다. 왜? 나는 동화 작가이니까.

문제가 생겼다. 요즘 들어 동화가 써지지 않는다. 소재
가 바닥이 난 데다가, 도통 무슨 이야기를 어떻게 써야 할
지 몰라 미치겠다. 여태 스무 권이라는 책을 썼는데도 마
치 처음 글을 쓰는 사람처럼 글이 안 써진다. 글이 안 써
지니까 불안하고 초조하고, 결벽증은 더 심해졌다. 오빠
네 집에 안 간 지도 꽤 됐다. 괜히 들락거리다 노처녀 히
스테리 부린다는 말이나 듣게 될까 봐 아예 작업한다는
이유로 꼼짝하지 않았다. 그런데 글이 써지지 않는다. 하

루하루 한숨과 짜증 그리고 무엇보다 술이 늘고 있다.

혼자 있는 시간 유일하게 나의 스트레스를 풀어 주는 건 술이다. 그렇다고 늘 술을 마시는 건 아니다. 작품에 들어가면 일절 술은 입에 대지 않는다. 나만의 원칙이다. 술을 마시게 되면 글의 흐름을 깨뜨려서 글을 쓰기가 힘들어진다. 그런 의미에서 내가 술을 마시고 있다는 건 글이 안 써진다는 증거다.

또 하나! 두 손을 눈앞으로 펼쳤다. 헉, 손톱이 길게 자라 있다. 도대체 얼마나 안 쓰고 있었다는 건지. 길쭉하게 자라난 손톱이 눈앞에 도드라져 보인다. 등 긁기엔 시원하다는 소리가 저절로 나올 정도지만, 이거야말로 글을 안 쓴다는 확실한 증거다.

손톱깎이로 손톱 하나하나를 잘랐다. 똑 똑 소리가 나면서 손톱이 바닥에 튕겨 나갔다. 바닥에 나뒹구는 손톱을 보니 정말 많이 자라 있었다. 혹시 내가 손톱 때문에 글이 안 써졌나? 그래, 어쩌면 그럴지도 모른다. 손톱을 자르고 나면 손가락 끝에 짝짝 달라붙어 글이 술술 잘 풀릴지도 모른다. 그래, 그럴 거야. 나는 손톱이 문제여서 그런 것처럼 열심히 도전적으로 손톱을 해치웠다.

모든 준비를 마친 난 노트북 앞에 앉았다. 이제 손톱도 잘랐고, 머릿속도 시원하게 정리됐다. 이제부터 내가 할 일은 실타래가 풀리듯 글을 쓰면 된다. 그러면 된다. 된다, 될 수 있다, 될 것이다, 되고 싶다…….

치기만 하면 손끝에 **좍좍** 달라붙는 자판의 언어들이 모니터 안에서 신나게 춤을 출 것 같았는데, 그건 나의 부질없는 바람으로 끝나 버렸다. 오늘도 나는 맥없이 노트북만 열었다 닫았다만 반복하고 말았다.

탁!

노트북을 닫는 순간, 내 머릿속도 어둠 속으로 빨려 들어가는 느낌이 들었다. 절망의 구렁텅이라는 말은 이럴 때 써야 한다.

며칠이 지났다.

아동문학의 미래, 과연 지금 이대로 좋은가?

세미나가 열리는 한 대학의 도서관 앞, 현수막이 펄럭거렸다. 그걸 보니 문득 아동 문학관의 미래보다 내 미래가 걱정됐다. 한 줄도 못 쓰고 있는 지금의 나 이대로 좋은가? 그럴 리가 없지 않은가. 정말 이대로 있다 간 큰일

날 것 같다.

"오, 유~~ 왔어? 안 올 줄 알았는데 왔네?"

도서관 입구에서 신분을 확인하고 있을 때였다. 누군 가 알은척했다. 휙, 돌아보니 내가 싫어하는 권 작가다. 입만 열었다 하면 귀가 너덜거릴 정도로 제 자랑에 바쁜 사람. 딱 본능적으로 싫은 작가다. 그런데 권 작가는 내 가 자기를 싫어하는 걸 잘 모르는 것 같다. 나만 보면 굉 장히 반가워하며 인사를 한다.

"아, 오랜만이네. 어떻게 잘 지내고?"

나도 이가 하얗게 드러나도록 웃어 줬다. 난 싫은 사 람일수록 더 친절해진다. 내가 싫어하는 사람은 주로 잘 난체하는 사람인데 그런 사람들에겐 그냥 덩달아 칭찬만 해 준다. 그럼 아무 의심 없이 좋아했다. 아부로 볼 수도 있겠지만 그렇게 생각해도 어쩔 수 없다. 지금껏 사회생 활이라는 것을 해 오면서 깨달은 건 솔직함은 미덕이 아 니라는 거다. 싫은 감정 드러냈다가 온갖 오해와 욕을 많 이 들어서인지 이젠 그러고 싶지 않다. 그리고 무엇보다 굳이 적으로 둘 필요가 없었다.

"나야 잘 지내지. 요즘에 글 쓰느라 정말 정신이 없었

14

거든. 한 편 쓰고 나면 또 써야 하고, 또 끝나면 쓰느라, 아오, 말도 마. 죽겠어."

역시 권 작가는 오랜만에 만나도 자기 자랑부터 시작했다. 세상 글은 혼자만 쓰는지 아주 호들갑을 떨었다. 조잘조잘, 재잘재잘 한번 터진 물꼬는 멈출 줄 몰랐다. 근데 신기한 건 그렇게 매일 글만 쓴단 사람의 작품은 왜 그렇게 안 나오는지 모르겠다. 만날 때마다 들은 글만 해도 몇십 권은 되겠더구먼. 작년에도 아마 겨우 한 권 나왔지?

난 아무렇지 않은 얼굴로 권 작가의 말에 고개를 끄덕여 줬다. 웃었다. 끄덕여 줬다. 웃었다. 그렇게 몇 번 하면서 머릿속으로는 세미나가 끝난 후의 일정만 생각했다.

세미나장에 들어가자 작가들이 앉을 책상엔 떡과 과일 그리고 음료수가 즐비하게 놓여 있었다.

"아, 배고픈데 일단 다과라도 먹을까?"

권 작가가 말하다 말고 얼른 자리에 앉았다. 나도 출출한 터라 간식 생각이 났다. 얼른 떡이라도 하나 먹을까 하고 접시에 손을 뻗었다. 그러곤 무심코 한쪽에서 간식을 준비하다 말고 비닐 장갑을 낀 채 옆에 다른 물건을 만지는 사람을 봤다. 저 사람 뭐야? 장갑 낀 손으로 뭐든 다 만질 거면 장갑은 왜 낀 건데? 순간 입맛이 뚝 떨어졌다. 내가 길거리 음식을 좋아하지 않은 이유도 다 비위생 때문인데 알 만한 분이 저러니 짜증이 확 일었다.

차라리 안 봤어야 했는데, 못 볼 꼴을 보고 나니 안 본 눈을 사고 싶다.

"유 작가, 안 먹어?"

"응. 난 오기 전에 뭐 먹고 왔어. 그리고 난 소식해."

꼬르륵.

에잇, 하필 거짓말을 하고 있는데 내 배는 진실을 말해 버렸다.

"엥? 그럼 방금 그 꼬르륵 소리는 뭐야?"

권 작가가 슬며시 웃으며 물었다.

"아, 이 이거? 내가 장이 안 좋아서 뭐만 먹으면 이런 이상한 소리가 들려. 내가 이것 때문에 어려운 자리에 가는 걸 딱 질색으로 여기잖아. 하하하."

난 민망함을 웃음으로 감추며 입구에서 받은 세미나 자료를 훑어보는 척했다. 쪽 팔려서 얼굴이 후끈거렸다. 그것도 그렇지만 진짜 배가 고픈데 먹을 수도 없고. 아,

이놈의 눈을 파 버리고 싶다. 안 봤으면 먹을 수 있었을 텐데. 하필 그걸 보다니. 난 생수통을 들어 뚜껑을 땄다. 물이라도 마셔야 허기를 면할 것 같았다.

애들이 답이라고?

세미나는 두 시간여에 걸쳐 끝났다. 뭔가를 열심히 들은
것 같은데, 들은 게 하나도 기억나지 않았다. 내가 이래
서 세미나에 오는 걸 싫어한다. 들으나 마나, 하나 마나
하는 소리로 이루어진 세미나. 역시 집에서 그냥 글이나
쓸걸. 후회가 물밀 듯 밀려왔다.

"자, 2차 뒤풀이가 마련되어 있으니까 바로 그 장소로
옮기시기 바랍니다."

한두 명씩 밖으로 나가기 시작하자 사회자가 마이크에
대고 말했다. 난 집에 가고 싶어서 그냥 슬쩍 빠져야겠다

고 생각했다.

"왜, 가게?"

권 작가가 붙잡았다. 박 작가도 어느새 내 앞으로 와 "뒤풀이 갈 거지?" 했다.

"난 그냥 갈까 봐."

"가긴 어딜 가니? 오랜만에 만났으니까 한잔해야지."

두 사람은 내 양옆으로 붙어, 마치 경찰이 연행하는 것처럼 끌고 갔다. 하는 수 없었다. 나도 그냥 도살장에 끌려가는 소가 돼 따라갔다.

"근데 당신네는 글이 안 써질 땐 어떻게 해? 나 요즘 글이 안 써져서 죽겠어."

나를 뒤풀이 장소로 연행하듯 끌고 왔던 박 작가가 밥을 다 먹고 나더니 한마디 했다. 이맛살을 찌푸리는 것이 그냥 하는 말이 아닌 모양이었다. 순간 반가웠다. 나만 글이 안 써지는 줄 알았는데 알고 보니 동지가 있었던 거다. 얼른 다른 사람들을 쳐다봤다.

"난 어떤 때는 그동안 읽고 싶었던 책을 산더미처럼 쌓아 놓고 읽어. 그러면 어느새 그 안에서 씨앗이 생기더라고."

늘 조용조용하니 말을 하는 장 작가가 먼저 입을 뗐다.

"난 지금도 글이 안 써질 땐 무조건 다른 사람의 작품을 베껴보기도 해. 그러면 일단 그 감각이 느껴져서 내가 생각했던 글도 덩달아 써지더라고."

또 다른 작가도 한마디 했다. 자연스레 다섯 명 정도되는 작가들이 저마다 돌아가며 한마디씩 했다. 마지막으로 내내 조용히 있던 한 작가가 물을 한 모금 마신 후입을 뗐다.

"나는 아이들이 답이야."

'저건 또 뭔 소리야? 애들이 답이라고?'

밑도 끝도 없는 한 작가의 말에 혀가 끌끌 차졌다. 이거야말로 듣도 보도 못한 말이었다.

"애들이 무슨 시험지야? 애들이 답이 되게? 도대체 애들이 답이라는 게 무슨 말이야?"

내 말이 그 말이다. 앞뒤 뚝 자르고 애들이 답이라고하니 성질 급한 권 작가가 바로 나섰다. 한 작가가 피식웃었다.

"어차피 우리가 쓰는 글은 아이들이 1차 독자잖아. 그러니까 글이 안 써질 때마다 애들 안으로 들어가 보는 거지. 아이들이 놀고 있는 것도 보고, 어떤 때는 아이들이 없는 학교 운동장에 가서도 한참을 보고 오기도 해. 또 어떤 때는 지나가는 아이들을 붙잡고 궁금한 걸 물어보기도 하고. 그러면 신기하게도 글이 술술 풀려. 난 지금껏 그 방법으로 글을 써 왔어."

한 작가가 말을 마치자 다른 작가들이 고개를 끄덕거렸다. 알쏭달쏭한 내 마음과 달리 왠지 깨달음을 얻은 듯한 표정들이었다. 신경이 쓰였다.

'뭐야? 당신들은 다 알아먹은 거야?'

괜스레 심통이 나 속으로 투덜거려졌다. 왠지 남들 다 아는데 나만 모르는 것 같아 소외감마저도 들었다.

"그럼 주로 어떤 식으로 아이들과 상대해요?"

그대로 있을 수 없어 내가 물었다. 순간이지만 얼굴에 열이 확 느껴졌다.

"애들과 함께 있어 봐. 그냥 있어 보면 그곳에서 보여."

도통 모르겠다. 도대체 어떻게 애들과 있으면 글이 써진다는 건지.

뒤풀이가 끝난 후 집으로 돌아오고 나선 매일 그 생각

을 했다. 빨리 글을 다시 써야 한다는 강박에 사로잡혀 있으니 그럴 만했다. 하지만 답은 안 나왔다. 역시 내게 아이들은 쥐약이었다. 쥐약! 근데 곰곰이 생각해 보니 나도 참 신기한 사람이다. 어떻게 쥐약이라고 생각하는 존재에 대해 글을 쓰고 사는 걸까?

사실 난 소설을 쓰고 싶은 사람이었다. 늦은 나이에 대학에 다시 들어간 것도 본격적으로 소설을 공부해서 쓰고 싶어서였다. 그런데 소설 대신에 우연히 아는 선배와 동화 스터디라는 것을 하면서 동화의 매력에 빠진 거였다.

어린 시절에도 읽지 않던 동화, 서른이 넘어 읽는데 왜 그렇게 재밌는지. 그때부터 동화를 읽고 습작을 했다. 그리고 어느새 나는 동화의 매력에 빠져 헤어 나올 수 없게 됐다. 그럼 소설을 쓰려던 건 어떻게 됐냐고? 저절로 멀어졌다. 그렇다고 소설가가 되지 못하고 동화 작가가 된 것에도 후회는 없다. 소설만큼이나 동화의 세계도 무궁무진했다.

무엇보다도 동화를 쓰면서 깨달은 건 내 안의 내가 아주 어린애로 머물러 있었다는 거였다. 몸이 자라고 나이를 먹었으니 당연히 내가 어른인 줄로만 알았는데, 막상 내 안의 나는 어린아이인 채로 성장이 멈춰 있었던 거다. 그걸 발견하고 나니 소설가에 대한 미련은 완전히 가셨다. 대신 동화로 정말 내 안의 아이를 온전히 성장시키고 싶었다.

"거참, 정말 진짜 어쩌라고?"

그런데 한계에 부딪힌 것이다. 뭉크의 절규를 흉내 내 봤지만, 벽에 부딪힌 이마가 빨개지기만 할 뿐 생각은 안 났다. 오히려 생각은 안 나고 빨갛게 부푼 자리가 점점 더 부풀기만 했다. 머릿속은 아까보다 더 지끈거려졌다.

지이잉. 지이잉.

그때 옆에 놔둔 핸드폰 진동 소리가 요란했다. 곁눈질로 번호를 확인했다. 모르는 번호였다. 받을까 말까 망설이다 손을 뻗었다. 순간, 전화가 끊겨 버렸다.

"에이씨, 짜증 나."

전화까지 약 올리는 것 같아 짜증이 벌컥 났다. 커피라도 한 잔 마실까 하고 거실로 나가려는데 다시 한번 진동 소리가 들렸다. 조금 전과 같은 번호였다. 스팸은 아닌 모양이었다.

"안녕하세요. 유리안 작가님 되시죠?"

모르는 남자가 대뜸 내 이름을 댔다.

"네. 그런데요?"

난 잔뜩 경계의 목소리로 물었다.

"아, 전 ○○○방송국의 김진국 PD입니다. 다름 아니라
유리안 작가님과 통화하고 싶어서 전화했습니다."

방송국 섭외

"네? 거기가 어디라고요?"

내가 잘못 들었나 싶어 다시 확인했다.

"방송국입니다. 저는 김진국 PD라고 합니다. 유리안 작가님 맞으시죠?"

"방송국이라고요? 무슨 일 때문이죠?"

나도 모르게 날 선 목소리가 툭 튀어나왔다. 요새 보이스 피싱이다 뭐다 하도 사기 전화가 많아서 일단 의심부터 들었다.

"요즘 예능 프로그램에 리얼 다큐가 많지 않습니까?

저희도 그런 맥락에서 동화 작가와 아이들이 함께하는 시간을 다큐로 찍으려고 하는데요. 동화 작가로 작가님과 함께 찍고 싶어서요."

"다큐를 찍는다고요?"

"네. 그래서 작가님만 좋다면 오늘이라도 당장 만나서 얘기를 나누고 싶습니다. 오늘 시간 되십니까?"

시간이 되냐는 PD의 말을 듣고 빠르게 생각했다. 두말할 것도 없이 싫다. 다른 사람도 아니고 하필 애들이라니? 불과 몇 분 전만 해도 애들은 나에겐 쥐약 같다고 생각했는데, 그런 애들과 지내는 다큐라고? 노노! 이건 싫다.

"저 죄송한데요. 아무래도 오늘은 시간이 안 될 것 같아요. 그리고 저한텐 그런 프로가 맞지 않는 것 같으니 다른 분 섭외하시는 게 어때요?"

나는 일단 거절부터 했다. 더 생각해 보고 말고가 없었다. 아이들만 생각하면 골치부터 아팠다. 일단 거절을 해 버려야 속이 편하다. 하지만 거절을 하면서도 한편으론 후회할 것 같아 걱정됐다. 알고 보면 작가들도 보이지 않는 등급이 매겨져 있다. 그 등급을 가르는 게 방송이었다. 매스컴에 한 번이라도 나오면 그 작가는 한마디로 유명 작가인 것이다. 방송 한 번 못 타는 (실제 방송 타는 작가는 드물지만) 작가들의 존재감이란 부연 설명하지 않아도 될 것이다. 심지어 책도 방송을 탄 거와 못 탄 거는 천지 차이다. 방송에서 한 번이라도 스쳐 지나가거나 언급이 되면 그때부터 홍보 문구가 달라진다. '무슨 무슨 방송에 언급된 책.'

학교에서 강연 요청할 때도 마찬가지다. 강연 등급 따져 가며 강연료 책정이 달라지는데, 방송에라도 한 번 나오면 유명 작가군에 속하니 강연료가 훌쩍 뛴다. 그러니까 어쩌면 나는 일생에 한 번 올까 말까 하는 기회를 제 발로 뻥 차고 있는 것일 수도 있었다.

"작가님! 그러지 마시고 일단 한번 만나나 보시고 결정하시면 어떨까요? 아마 작가님한테도 이번 기회가 꽤 좋은 기회일 수도 있을 겁니다. 특히 작품 쓰실 때 도움이 많이 될 겁니다."

김 PD의 말 한마디 한마디는 간곡했다. 동화 작가가 나만 있는 것도 아닌데 그랬다. 솔직히 그렇게 나오니까 기분은 좋았다. 어쨌든 저 정도의 간절함으로 찾는 사람이 바로 내가 아니란 말인가. 게다가 '작품 쓰실 때 도움이 많이 될 겁니다'란 말은 내 귀를 지나 심장에 꼭 박혔다. 순간, 멈칫했다.

"애들이 답이더라고. 애들과 함께하고 그 아이들 안으로 들어갔을 때 진정한 작품이 써지더라고."

순간 한 작가가 한 말도 스쳐 지나갔다. 글이 막힐 때마다 아이들 안에서 답을 찾는다는 그 말이 다시 마음속에서 찌르르 흘렀다. 사실 오늘도 내내 그 생각을 하고 있다가 전화를 받은 게 아니던가. 다만 아직 방법을 몰라 헤매고 있었다. 그렇다면 지금이 어쩌면 신이 내게 기회를 주는 건 아닐까? 역시 난 될성부른 대작가의 운명을 타고난 건가? 그렇지 않고서야 방법을 모르고 헤매고 있는 이때 떡하니 기회를 주시다니.

"네, 그럼 좋아요. 일단 만나서 이야기부터 들어 보도록 하죠."

난 최대한 목소리에 감정을 싣지 않고 말했다. 차분하니 대처하는 내 모습이 썩 맘에 들었다. 솔직히 방송국에서 연락 왔다고 들떠서 좋아하는 모습은 아마추어나 하는 짓이다. 난 이래 봐도 프로 동화 작가다. 촌스럽게 아마추어의 모습을 보이는 건 내 자존심이 허락하지 않았다.

"두 시간 후에 볼까요. 장소는 어디로 하는 게 좋을까요?"

"방송국 쪽으로 나오시면 더 좋을 것 같은데 괜찮겠습니까?"

"뭐, 그러죠."

전화를 끊은 후 나는 부리나케 욕실로 들어갔다. 씻고 화장하고 나가려면 시간이 빠듯했다. 서둘러 샤워기를 틀었다. 쫙 한꺼번에 쏟아지는 물줄기에 온몸을 맡기었다. 하지 않겠다고 거절부터 했건만 이상하게 물줄기는 답답한 속을 뚫어 주는 듯 시원했다.

"거기, 어디에 가는 건가요?"

"네?"

방송국 출입구에서 경비 아저씨가 불렀다.

"저, 저……."

갑작스러운 물음에 아무 생각이 떠오르지 않았다. 아까 PD에게 미리 말해 놓으라고 할 걸 깜빡했다. 방송국에 와 볼 일이 없으니 이런 건 생각도 못 했다.

"저 여기… 김….."

맙소사! 당황하니까 PD 이름도 잘 안 떠올랐다. 그때였다.

"혹시 유리안 작가님 되십니까?"

뒤돌아봤다. 둥근 얼굴에 수염이 덥수룩하고 빛바랜 찢어진 청바지를 입은 산적 같은 남자가 서 있었다.

"네. 제가 유리안인데요."

"아저씨, 이분 저 찾아온 손님입니다. 아, 작가님! 이쪽으로 가시죠?"

생긴 건 산적 같은데 수줍음을 많이 타는지 얼굴이 살짝 붉어졌다. 그걸 보니 낯을 가리는 나에겐 조금 편했다.

"제가 안내 데스크에 미리 말해 놓는다는 걸 깜빡했지 뭡니까? 무례하게 했다면 이해해 주십시오. 워낙에 방송국에 많은 사람이 다니다 보니까 의외의 일들이 또 많이 생기거든요."

"아, 아니에요. 뭐 그럴 수도 있죠."

사실 아까까지만 해도 살짝 불쾌했다. 준비성 없이 사람을 불러놓은 것 같아 왠지 믿음도 안 갔다. 돌아갈까 말까 잠깐 망설일 때 나타나서 다행이지, 아니면 이 만남도 아예 없어질 판이었다. 그런데 가만, 지금 내가 왜 이렇게 김 PD에게 고분고분한 거지?

"저기 커피숍으로 가시죠?"

김 PD가 가리키는 곳은 로비에 있는 작은 커피숍이었다. 얼핏 안을 살펴보니 사람들이 몇몇 앉아 있는 게 보였다. 순간 가슴이 콩닥콩닥 뛰었다. TV에서나 본 연예인들이 눈앞에서 보였다. 아닌 척 표정 관리는 했지만, 왠지 신기한 건 어쩔 수 없었다.

"뭐 마실래요?"

"아메리카노요."

"아이스 아메리카노죠?"

김 PD는 창문으로 바깥을 보며 물었다. 한눈에도 더워 보이니 내가 시원한 걸 원할 거로 생각한 것 같았다.

"아니요. 따뜻한 거요. 전 아무리 더워도 찬 거 잘 안 먹어요."

김 PD는 고개를 끄덕이며 주문하러 갔다. 그사이에 한 아이돌이 김 PD에게 인사를 했다. 다른 탤런트도 알은체했다. 그 탤런트는 내가 좋아하는 프로그램에 나와서 한동안 맘에 뒀었는데 실제로 보니까 가슴이 제멋대로 뛰었다. 자꾸만 가방 안의 수첩을 꺼내고 싶은 맘이 들었다. 지금 사인을 받으려고 일어나면 김 PD가 날 우습게 볼까?

갈팡질팡하고 있는데 김 PD가 커피를 가지고 자리에 앉았다. 오는 동안에도 여기저기 앉아 있는 연예인들의 인사를 받느라 바빴다.

"작가님, 바쁘실 텐데 이렇게 와 주셔서 진심으로 감사드립니다."

"어떻게 될지는 모르겠지만, 만약에 제가 해야 한다면 직접 들어봐야 하니까요."

"그럼요. 당연히 그렇죠."

김 PD가 사람 좋은 웃음을 지으며 나를 쳐다봤다. 순간이지만 사람 마음을 한 번에 무장 해제하게 만드는 선한 미소를 가진 사람이었다. 문득 이런 사람이라면 일을 같이해도 좋지 않을까 하는 생각도 들었다.

"저희가 이번에 추진하게 되는 일은 이겁니다."

김 PD가 내민 것은 방송에 대한 계획서였다. 그 계획서의 타이틀은 '동화 작가와 함께하는 리얼 다큐'였다.

"근데 궁금한 건 어떻게 해서 제가 참여하게 됐나요?"

만화처럼 말풍선이 있다면 그 말풍선에 '근데 궁금한 건 어떻게 해서 나처럼 아이들을 싫어하는 작가가 참여하게 됐나요?'일 것이다.

"저희가 백 명의 아이들에게 설문 조사를 했습니다. 물론 온라인 서점에서 잘 팔리는 작품을 기반으로 해서 한 거고요. 작가님의 책이 세 권이나 아이들에게 뽑혔어요. 그만큼 작가님이 아이들의 맘을 잘 알고 있을 것 같다는 제작진들의 말을 참고로 했고요. 그리고 무엇보다……."

김 PD가 '무엇보다'라고 말을 한 후 잠깐 멈췄다.

'무엇보다 뭐? 얼른 말을 하지?'

난 그 뒷말이 궁금해 김 PD의 눈을 뚫어지게 쳐다봤다.

"작가님의 얼굴이 카메라에 잘 잡힐 미모라고 다들 작가님을 적극적으로 추천했습니다."

"아, 네."

생각지도 않은 말이 불쑥 나오는 바람에 민망했다. 쑥스러워 코를 만지작거렸다. 거참, 이놈의 미모는 어디서나 빛을 발하는군.

"이야기는 이렇게 진행됩니다. 일주일 동안 작가님이 작가님의 아파트에서 아이들과 함께 지내는 것입니다. 24시간 찍기는 하지만 어차피 저희가 편집해서 스토리를 만들 거고요. 저희가 의도하는 것은 작가님이 아이들에게 받는 영향과 또 아이들이 작가님께 받는 영향력입니다."

"일주일 동안요?"

"네. 너무 긴가요?"

"그 그게……."

애써 아닌 척 얼버무려 넘기려고 하는데, 솔직히 길다. 길어도 너무 길다. 난 그냥 요즘 나오는 프로그램들처럼 1박 2일이나 길어야 3박 4일 정도를 생각했다. 그런데 일주일이라고? 일주일 동안 내가 모르는 아이들과 한집에서 지내야 한다고? 친한 사람들이 집에 와서 머무는 것도 싫어서 절대 자고 가라는 말을 안 하는 내가, 평소 좋아하지도 아니 심지어 싫어하기까지 하는 아이들과 함께 지낸다고? 오 마이 갓!

"아 아니, 딱히 길다고 할 수도 없고 아닌 것도 아니고……."

이건 도대체 무슨 말인지 모르겠다. 그러니까 길다는 거야, 짧다는 거야? 유리안, 정신 차리자!

"작가님만 협조해 주신다면 정말 좋은 프로그램이 탄생할 것 같아요. 요즘 아이들 학원이다 뭐다 힘들게 살고 있잖아요. 그런 아이들이 상상력이 풍부한 동화 작가님과 함께하다 보면 뭔가 새로운 세상을 꿈꿀 수 있지 않을까 싶어서요."

"아, 아 네…… 네."

"그럼 허락하시는 겁니까?"

"네. 네?"

나 아무래도 더워서 정신을 가출시킨 것 같다. 입에서 나오는 대로 아무 말이나 막 하고 있었다. 아, 그런데 어쩌지? 다시 한번 생각해 본다고 하면 김 PD가 날 미쳤다고 하려나? 도대체 말도 안 되는 일에 이렇게 덥석 대답하는 무모함은 어디서 온 걸까? 졸지에 머릿속은 하얘지고 눈앞은 캄캄해졌다. 한마디로 멘붕 상태가 돼 버렸다.

"기간은 방학 기간입니다. 여름 방학이 시작되는 7월 말부터 딱 일주일입니다. 방학 기간이면 더 힘들게 사는 아이들을 대상으로 선정했습니다. 다섯 명인데 이미 아이들은 다 만나 봤습니다. 아이들이 다들 괜찮더라고요."

김 PD는 계속해서 괜찮다고 했다. 몇 번이나 괜찮다고 말하는데, 난, 나는 괜찮지가 않았다. 아니 이미 속으로 울고 있었다. 마음 같아선 그 자리에서 동화 속의 마법사처럼 '뿅' 하고 사라지고 싶었다.

일주일이나 지내야 한다고?

분명 나갈 땐 멀쩡한 정신이었다. 그런데 김 PD를 만나
고 온 후 난 거의 멀쩡하지 않은 사람이 됐다. 하루하루
넋 빠진 사람처럼 지냈다. 사람 앞일 아무도 모른다고 내
가 이렇게 될 줄은 꿈에도 몰랐다.

"왜 왜 왜 그랬어? 이 바보 멍청이 등신아!"

어떤 땐 그 증상이 심해 미친 듯이 고개를 흔들다가 머
리를 콩콩 쥐어박을 때도 있었다. 아이들과 일주일간 지
내야 한다는 생각만 하면 온갖 불행이 내 몸에 달라붙은
듯 몸이 흔들어졌다. 하릴없이 시간을 보내는 일이 많아

진 탓도 그 때문이었다. 그래서 그 시간이 아까워 책이라
도 읽으려 치면, 그땐 또 책만 펴놓고 멍하게 있기 일쑤
니, 말해서 뭐 하랴 싶다.

지이잉.

짧게 진동이 울렸다. 김 PD의 문자였다. 내용을 보기
도 전에 가슴이 철렁 내려앉았다.

유 작가님! 그간 더운데 잘 지내시나요? 다름 아니라 이번에
프로그램에 참여할 아이들 명단과 사진 프로필을 메일로 보냈
습니다. 확인해 보세요. 아이들 보는 건 며칠 후에 다시 연락드
리겠습니다. 아이들 보기 전에 미리 신상에 대해 알고 있는 것
이 여러모로 좋을 것 같아서요. 그럼 오늘 하루도 즐겁게~~~

김 PD의 문자를 보는데 목에 뼈라도 걸린 것처럼 뭔가
울컥 치밀어 올라왔다. 드디어 올 것이 왔다는 낙망감에
눈물이 삐죽이 솟았다.

"오늘 하루도 즐겁게? 야, 넌 이 상황이 즐겁겠냐? 어?
즐겁겠냐고?"

아무도 없는데 허공에 대고 삿대질까지 하며 소리를

질렀다. 불컥, 화가 치밀어 올라 견딜 수가 없었다. 참을 수 없는 가벼움이 아니라 참을 수 없는, 뭐? 분노? 화? 뭔가 분명 참을 수 없는데 그 뒷말이 떠오르지 않는다. 그러자니 더 열 받아 욕실로 들어갔다. 샤워라도 해야 정신이 들 것 같았다.

옷을 입은 채로 쏟아지는 물줄기 속에 서 있었다. 머리부터 발끝까지 쏟아지는 물줄기가 그나마 위로가 되었다. 마치 '괜찮아, 괜찮아' 하는 것 같아 또다시 울컥해졌다.

"으아앙! 어떡해! 어떡하냐고?"

난 미친 듯이 소리를 질렀다. 이것이야말로 나조차도 당황스러웠지만 어쩔 수 없었다. 애들처럼 바닥에 앉아 발을 구르지 않은 것만 해도 다행이었다.

"그래! 글 쓰면 되지. 글 쓸 수 있다고 하잖아. 글만 쓸 수 있다면 난 영혼이라도 팔겠어. 이깟 것쯤은 아무것도 아니야. 그래, 난 유리안 동화 작가다! 할 수 있다."

아무리 생각해도 누군가가 날 보고 있으면 미쳤다고 할 게 분명했다. 나는 연극배우처럼 울다가 웃다가 혼자 생쇼를 했다. 다행히 샤워가 끝날 때쯤엔 마음의 때는 확

실히 벗겨진 것 같았다. 나름 시원했다. ,

샤워를 마친 후, 난 차분한 맘으로 노트북을 열었다.
김 PD가 보낸 메일을 확인하기 위해서였다. 메일 내용은
문자보다 짧았다. 간단히 써 놓고 첨부 파일을 보냈다.
첨부 파일을 클릭했다. 이상하게 살짝 두근거리기 시작
했다.

• 김윤미(12세) : 별초등학교 5학년. 유리안 작가의 작품
  을 다 읽었고, 가장 좋아하는 작품은 《열두 살의 모나
  리자》다. 유리안 작가의 첫 책을 읽은 아빠도 왕팬이
  라고 한다. 현재 엄마와 둘이 살고 있으며 감수성이 예
  민한 키가 큰 소녀다.

• 조정민(11세) : 학강초등학교 4학년. 만화 캐릭터 그림
  을 잘 그리고 앞으로 꿈도 만화가다. 유리안 작가의 작
  품을 읽고 나면 늘 인상적인 인물을 그려 놓는 것이 취
  미다. 건담을 좋아해 건담 로봇을 시리즈별로 모으는
  것도 취미다. 안경을 썼으며 만화를 좋아해선지 생긴
  모습도 만화 캐릭터처럼 생겼다. 유리안 작가의 책은

《슈퍼 히어로 우리 아빠》와 《방과 후 초능력 클럽》을
열 번 넘게 읽었을 정도로 좋아한다.

• 강세나(11세) : 사랑초등학교 4학년. 크면 네일아트를
  하고 싶어서 혼자 매니큐어를 잘 바르는 멋 부리기 좋
  아하는 아이다. 약간 통통하며 춤이나 노래도 잘한다.
  조정민과 이종사촌인데, 정민이를 통해 유리안 작가를
  알게 되었다고 한다. 공부는 썩 좋아하지 않지만 쾌활
  한 성격이다. 외모에 관심이 많아서인지 유리안 작가
  의 《얼굴 시장》, 《요술 화장품》을 좋아한다.

• 박하영(10세) : 수정초등학교 3학년. 앞으로 동화 작가
  가 꿈이고, 매일 일기를 쓰면서 작가의 꿈을 키우는 소
  녀다. 지금껏 쓴 일기만 해도 50권이 넘을 정도다. 좀
  예민한 편이며 학교에서 글쓰기 대회에 나가면 늘 상
  을 받아온다. 유리안 작가라면 무조건 좋아해서 신청
  하게 됐다. 유리안 작가의 책도 한 권도 빠짐없이 다
  읽었다.

• 김태현(9세) : 예랑초등학교 2학년. 이번 아이들 중 최
  연소다. 얼핏 보면 약간 다문화 아이처럼 생겨 오해를
  많이 받는다. 유리안 작가를 좋아하게 된 계기는 유리
  안 작가의 첫 동화집에 나오는 〈거기 사람〉에 나오는
  인물이 자신처럼 느껴져 작가가 자신의 맘을 잘 알고
  있다고 생각해서 좋아하게 되었다고 한다. 물론 그 이
  후로는 유리안 작가의 책은 다 사서 보고 있다.

  아이들의 신상에 관련된 글과 사진이 있었다. 아이들
  은 저마다 다른 개성을 지닌 애들로 각양각색이었다. 문
  득 아이들을 보는 순간 어쩌면 내가 지나치게 걱정하고
  있는 건 아닐까 하는 생각도 들었다. 이 정도의 아이들
  이라면 어쩌면 잘 지내다 갈지도 모르겠다는 생각이 들
  었다.
  "그래, 뭐든 마음먹기에 달렸다고 하잖아? 까짓것, 해
  보는 거야. 죽기 아니면 까무러치기 아니겠어?"
  난 느닷없이 생긴 여유에 껄껄 소리 내 웃었다. 그러고
  나니 신기하게도 한결 나아졌다. 그 이유는 모르겠지만
  모든 짐이 날아간 듯 홀가분했다. 그러고 보면 행복해서

웃는 게 아니라 웃으면 행복해진다는 말이 맞는 듯하다. 지금 이 순간 행복까진 아니어도 힘들지 않은 걸 보면 말이다.

며칠이 지나자 다시 김 PD에게서 전화가 왔다.

"작가님, 오늘은 작가님 집 근처에서 만나는 건 어떨까요?"

"뭐, 그것도 괜찮겠네요."

"저 근데 오늘은 저 말고 또 같이 갈 사람이 있어요."

"아, 네."

어차피 스텝들이 오겠지 싶어 나는 아무 생각 없이 넙죽 대답부터 했다.

"아이들과 함께 갈 거예요. 같이 출연할 아이들요. 그래서 작가님 집 근처에서 만나자고 한 거고요."

순간 머리가 띵 했다. '드디어 올 것이 왔나?' 하는 마음도 들었다. 하지만 어차피 해야 할 일 과감히 맞서기로 마음먹었다.

"아, 네. 알겠습니다."

처음이다. 내가 김 PD의 전화를 씩씩하게 받은 건. 김

PD도 그런 기운을 느낀 걸까? 전화를 끊는 목소리가 밝았다.

시간을 보니 약속 시각까지 세 시간 정도 남아 있었다. 딱히 할 일이란 게 있지도 않아 나는 아까 읽던 책을 가져와 다시 읽기 시작했다. 하지만 한 페이지 한 페이지 읽는데 자꾸만 메일에서 봤던 아이들의 얼굴이 둥둥 떠다녔다.

'처음 만나면 뭐라고 하지? 애들아, 안녕? 아니야. 넘 촌스러워. 아우, 정말 멋진 친구들을 만나게 돼서 반가워요. 윽, 이건 가식적이야. 그럼 뭐라고 하지?'

아이들을 생각하자 더 책이 눈에 들어오지 않았다. 난 아예 책을 덮고 반듯이 누웠다. 천장에 아이들과 내 모습이 그려졌다. 카페에서 만난다고 했으니 자리에 앉아 살포시 웃으며 손을 흔드는 내 모습과 그런 나를 바라보는 아이들의 하트 뿅뿅 눈빛. 큭큭. 저절로 웃음이 터져 나왔다. 불현듯 아이들과 함께하는 것도 그다지 나쁘지 않을 것 같단 생각이 들었다.

"정말 애들이 답인 거야? 아이, 그러니 글이 막혔구먼!"

애들이 답이라던 한 작가의 말이 자연스레 떠올랐다.

그러자 문득 내가 정말 동화 작가로서 자질이 없는 건 아닌가 하는 생각이 들었다.

"아무려나 어때? 이번에야말로 제대로 된 작품을 써 보는 거야!"

난 오랜만에 꿈에 부풀어 한껏 기분이 좋아졌다.

깜빡 잠이 들었는데 자도 너무 깊게 자 버렸던 모양이다. 전화 진동 소리에 깨 보니 김 PD와 약속한 시각이 10분이나 지나 있었다.

"어머, 죄 죄송해요. 글을 쓰다가 깜빡 시간을 놓쳤어요. 금방 갈게요."

잠자다 그랬다고 하는 건 영 체면이 아니어서 글 핑계를 댔다. 말하고 나니 변명하기 싫어하는 성격이라 슬쩍 짜증이 났다. 어쩌자고 잠을 잤는지. 그나마 나갈 준비가 다 된 옷차림으로 잠들어서 다행이었다. 나는 부랴부랴 가방만 챙겨 나갔다.

카페 안으로 들어가자 한눈에 김 PD와 아이들이 보였다. 얌전히 앉아 있는 아이들의 시선이 내 쪽으로 확 쏠림과 동시에 김 PD가 자리에서 일어났다.

"어서 오세요. 유 작가님!"

"아, 네. 안녕하세요. 죄송해요. 글 쓰다가 깜빡했어요. 제가 집중을 하면 시간 가는 걸 잘 몰라서."

쑥스러움과 부끄러움이 뒤섞인 웃음을 지으며 자리에 앉았다. 그때였다. 김 PD 옆에 앉아 있던 안경 낀 왜소한 남자아이가 턱을 괴더니 한마디 했다.

"어, 작가님? 글 쓴 거 아니죠?"

"어? 그게 무슨 마 말이에요?"

난 완전히 당황해서 말을 더듬으며 되물었다. 가만, 저런 모습 어디서 봤더라? 어디서 분명히 봤는데…….

"글을 쓴 거라고 했는데 왜 볼에 잠자다 눌린 자국이 보이는 거죠?"

맞다. 코난 탐정! 역시 초딩이라 만화 영화를 많이 본 티를 냈다. 제가 마치 탐정이라도 되는 양 손가락까지 톡톡 건드리며 몰아세웠다.

"아, 아 그 그건 말이지…… 내가 턱 괴는 습관이 있어서 말이야."

일단 창피한 일은 피하고 봐야 했다. 어설픈 변명이라도 일단 둘러댔다. 그런데 이 녀석 보통이 아니었다. 그냥 넘어가지 않았다.

"그건 분명히 자다 눌린 자국이에요. 제가 애들 그림 그리면서 많이 봐서 알아요."

하아, 이 녀석은 끝까지 맹랑했다. 절대 물러서지 않고 끝까지 제 말을 보탰다. 그때 보다 못한 김 PD가 자리에서 벌떡 일어났다.

"아, 그건 그거고 일단 만났으니까 인사 나누죠. 작가님은 아메리카노 따뜻한 것 시키면 되죠?"

난 작게 고개를 끄덕였다. 슬슬 언짢음이 올라왔다. 아까 집에서 상상했던 나의 모습과 아이들의 모습은 온데간데없었다. 마치 궁지에 몰린 생쥐처럼 난처함만 가득했다. 그러자니 맘껏 웃어도 시원찮을 판에 보자마자 광대뼈 부위가 딱딱해지고 있었다.

"자, 이렇게 만났으니 서로 소개를 할까요? 누가 먼저 할까?"

주문하고 온 김 PD가 아이들을 둘러보며 물었다. 그러자 가장 나이가 많은 윤미가 수줍은 듯 손을 살짝 들었다.

"제가 먼저 할게요."

첫 만남

"안녕하세요. 작가님! 저는 루루예요."

"루루?"

난 깜짝 놀라 눈을 동그랗게 뜨고 물었다. 분명 내가 본 애들 이름 중에 루루란 이름은 없었다.

"아, 진짜 이름은 김윤미인데 전 루루라는 이름이 좋아요. 우리 엄마가 어렸을 적 좋아하던 만화 캐릭터 이름인데요. 엄마가 어렸을 때부터 제게 그렇게 불렀거든요."

"아!"

"전 제가 좋아하는 것에 저만의 이름을 붙이는 것을 좋아해요. 이건 빨간 머리 앤이 좋아하는 일이기도 하고요. 그래서 작가님이 오시기 전 작가님 이름을 지어 봤어요."

윤미라는 애는 뭐랄까? 감성이 풍부한 애인 것 같았다. 말을 할 때마다 정말 좋아 죽겠다는 듯 두 손을 모아 싱글싱글 웃었다. 거기에 목소리는 딱 애니메이션 더빙 목소리처럼 한 옥타브 떠 있었는데 약간 연극배우처럼 보이기도 했다.

"그게 뭔데?"

"물방울 톡톡 싱그러움요."

"엥?"

"작가님의 글과 사진을 보면서 느낀 건데 물방울이 톡톡 튀는 듯한 싱그러움이 느껴져요. 그래서 제가 지었어요. 어때요? 맘에 드나요?"

"어 어어."

어떻게 대답할 지 몰라 말을 애매하게 흐렸다. 그러느라 잘 나지 않던 땀까지 흐르는 것 같았다. 무슨 인디언식 이름도 아니고 저렇게 긴 이름을 설마 나를 부를 때마다 부르는 것은 아니겠지? 그런데 모든 애가 설마 저런 건? 오오, 아닐 거야. 정말 절대로 아닐 거야. 나도 모르게 고개를 절레절레 흔들었다.

"작가님! 맘에 안 드세요? 어떡하죠? 전 작가님이 맘에 들어 할 거로 생각하고 설레는 맘으로 왔는데. 죄송해요. 흑흑."

헉, 이건 또 뭔가? 순간 머리가 어질하고 눈앞이 캄캄해졌다. 윤미는 지금 내가 싫어하는 것 중의 하나인 닭살 애교질을 하고 있었다. 내가 딱 질색으로 여기는 것 중의 하나가 코맹맹이 소리로 애교 떠는 건데. 아오, 난처하다. 난처하다. 난처해.

"아, 아니야. 정말 맘에 들어. 그러니까 울지 마. 알았지?"

또다시 얼굴에서 진땀이 흘렀다. 정말 이런 상황은 상상도 못 했다. 나는 우아하게 웃고, 아이들은 그런 나를 보고 하트 뿅뿅으로 쳐다보는 것만 생각했는데 아니었다. 처음 김 PD의 말을 들을 때보다 더 심각했다. 앞일이 눈을 감았을 때처럼 캄캄했다.

"윤미야, 네가 너무 소개를 길게 하면 뒤에 있는 동생들이 못하니까 이만하고 다음 사람으로 넘어갈까?"

역시 김 PD였다. 김 PD 덕분에 윤미는 고개를 살짝 수

그리며 다른 아이들의 소개를 들었다.

"전 조정민입니다. 학강초등학교 4학년이에요. 보다시
피 작아서 처음 보는 사람들은 저를 2학년이나 3학년쯤
으로 봐요. 하지만 전 그런 것에 신경 안 써요. 예전부터
똑똑한 사람과 훌륭한 사람들은 키가 작았다는 말이 있
으니까요."

탐정 코난 같던 정민이가 자기소개를 했다. 인제 보
니 정민이는 사진 이미지와는 많이 달랐다. 사진에선 순
해 보였는데 실제는 아니었다. 야물어 보였다. 또박또박
말하는 게 말하는 것만 보면 고학년 못지않았다.

"아, 그리고 마지막으로 제 꿈은 만화가예요. 만화가에
게 중요한 건 관찰인데 만화가의 정신으로 열심히 작가
님을 관찰할 생각입니다. 혹시 알아요? 앞으로 작가님을
제 만화 주인공으로 쓰게 될지."

죽었다. 이건 정말 아니다. 이러려고 내가 다큐를 찍겠
다고 한 것이 아니었다. 갑자기 '모든 걸 다시 생각해 봐
야 하는 건 아닐까?'란 생각이 강하게 들었다. 내가 저렇
게 어린 꼬마한테 관찰을 당하며 살아야 한다고? 그건 아
니다. 정말 아니다. 아마 그러다간 프로그램 끝나고 나서

나는 정신 병원에 가게 될지도 모른다.

"작가님! 네일아트 좋아하세요?"

"어? 어 어."

"전 강세나예요. 네일아트를 잘해요. 이것 보세요."

세나가 자신의 왼손을 들어 내 앞으로 쑥 내밀었다. 손톱만 보자면 어른들의 손톱처럼 길쭉해 잘 다듬어져 네일아트라도 받은 것 같았다. 거기다 손톱 하나하나에 파스텔톤 매니큐어까지 발라져 전문가의 솜씨가 느껴졌다.

"어, 이쁘다."

"그렇죠? 이것 누가 바른 줄 아세요?"

"네일아트 받은 거야?"

난 입가만 살짝 올려 물었다. 아이들 비위 맞추는 거 생각보다 힘들었다.

"믿기지 않겠지만 이건 제가 바른 거예요. 사람들이 제가 이렇게 바른 걸 보면 다 네일숍에서 발랐냐고 하는데, 아니에요. 이건 제가 바른 거예요. 저 나중에 네일아트 숍 하는 게 꿈이라 지금부터 연습 삼아 바르는 거랍니다."

"엄마는 아무 말씀 안 하셔?"

"물론이죠. 우리 엄마는 매니큐어도 사 주시는걸요. 작가님! 나중에 제가 발라 드릴게요. 아마 그때 보면 놀랄 거예요."

나는 그때까지 갈 필요 없이 지금도 놀라는 중이라는 말이 올라왔지만, 꾹 눌러 삼켰다. 가만 보니 어디서 특이한 애들만 골라 온 것 같았다. 저마다 독특하고 특이해서 혀가 절로 내둘러졌다.

"자, 다음은 하영이가 할까?"

김 PD는 사람 좋은 얼굴로 하영이에게 말했다. 하영이는 잠깐 나 한 번 그다음 김 PD를 한 번 쳐다보더니 소파에 놓아둔 가방을 열었다.

"작가님께 보여 드리고 싶어서 갖고 왔어요."

하영이는 일기장으로 보이는 노트를 다섯 권쯤 꺼내 놓았다.

"전 박하영이에요. 장래 꿈은 동화 작가예요. 그래서 지금부터 일기를 열심히 쓰고 있어요. 언젠가 작가님이 글을 잘 쓰게 된 이유가 어렸을 적 꾸준히 써 왔던 일기라고 해서 그때부터 하루도 빠지지 않고 썼어요."

"아하하. 그… 그랬구나. 훌륭하다."

놀랐다. 아이들은 어떤 경로를 통해 알게 되든 내가 했던 말이나 글을 잊지 않았다.

"자, 마지막으로 우리 태현이가 소개해 볼까?"

김 PD의 말에 태현이가 부끄러운 듯 나를 한 번 쳐다봤다. 얼핏 보면 다문화 아이처럼 보일 정도로 까무잡잡한 피부와 똥그랗게 쌍꺼풀진 눈을 가진 아이였다.

"고 고맙습니다."

"뭐가?"

태현이는 꾸벅 인사를 했다. 나도 모르게 미간이 저절로 좁혀졌다.

"거기 사람요? 저도 그런 오해 많이 받아요. 그렇지만 지금은 괜찮아요. 나 말고도 다른 아이들도 그런 오해를 받는다고 하니까요. 아, 전 김태현입니다."

태현이가 인사를 한 후 활짝 웃었다. 하지만 마지막 태현이까지 인사를 나누고 나자 나는 녹초가 되었다. 기가 다 빨린 듯 지쳤다. 이건 내가 그려 왔던 거와는 정말 달랐다. 아이들은 아이들답게 천진난만한 게 아니라 오히려 어른스러웠다. 어쩌면 내가 더 애가 아닌가 할 정도로 말도 잘했고 예의도 발랐다.

"소개하고 나니까 시간도 훌쩍 갔네요. 일단 작가님! 일정에 대해서 말씀드리겠습니다."

시간을 보니 꽤 흘러 있었다. 정신없이 아이들 말을 듣다 보니 내 정신도 저 멀리 안드로메다로 간 듯한 착각이 들었다. 사실 그래서인지 지금 김 PD의 말이 잘 들리지 않았다. 나는 그냥 고개만 끄덕끄덕하며 잘 듣고 있는 척만 했다.

"그럼, 다음에 만날 땐 본격적으로 찍겠습니다. 그동안 준비 잘해서 만나도록 하죠."

김 PD는 활짝 웃으며 손을 내밀었다. 나도 웃었다. 그런데 웃는데 왜 자꾸 눈물이 나려는 걸까? 이런 걸 보고 '내가 웃는 게 웃는 게 아니야.'라고 하는 거겠지?

디딩. 디딩. 디디딩. 디디딩.

연달아 약하게 진동이 울렸다. 문자는 아닌 것 같은데 자꾸 울려 핸드폰을 들여다봤다.

-조정민 님이 친추 신청을 했습니다.

-루루 님이 친추 신청을 했습니다.

이건 뭐지? 누워 있다 벌떡 일어났다. 헤어지긴 전 아이들이 전화번호를 저장하겠다고 해서 알려 줬더니 바로 커스토리에서 친추 신청을 했다.

"뭐야? 이 꼬맹이들하고 친구 하라는 거야? 오마이 까뜨!"

살다 살다가 내가 별 경험을 다 한다. 하다 하다 이젠 아이들과 친구가 되는 거야? 어떻게 하지? 나는 커스토리에 나오는 무시와 수락을 한참 들여다봤다. 도무지 수락 버튼을 누를 수가 없었다. 무시 버튼을 뚫어지게 쳐다봤다. 그래, 이게 맞는 거였다. 나는 무시 버튼을 누르기 위해 손가락을 사뿐히 댔다.

"에라, 나도 모르겠다. 될 대로 되라지."

하지만 내 손가락은 내 마음을 배신하고 수락 버튼을 눌렀다. 울며 겨자를 먹어야 했다. 내 일인데 마치 남의 일을 보듯 멍해지는 기분이었다. 앞으로 펼쳐질 일들이 아득하게만 느껴졌다.

시작된 일주일

방송은 생각보다 복잡하고 정신없고 힘든 일이었다.

촬영 들어가기 이틀 전 김 PD는 아이들이 일주일 동안 지내면서 필요한 물품을 집에 들여 줬다. 그리고 동화 작가 집다운 분위기를 내기 위해 커튼이나 소품을 바꿨다. 오밤중에 찍을 일은 없겠지만 스탭들이 없을 때 찍을 카메라도 설치하고, 여러 가지 것들을 바꾸느라 집 안은 난장판이 되었다. 특히 아이들이 잘 방에 들여놓은 이층 침대로 인해 방은 훨씬 더 좁아졌다.

"좀 불편하실 수도 있을 겁니다. 하지만 다른 곳에서

지내는 것보다 작가님이 이곳을 더 좋아할 것 같아서 여기로 정했습니다. 괜찮으시죠?"

"네. 뭐 이제 와서 안 괜찮으면 또 어쩌겠어요. 빼도 박도 못하는데."

"네?"

"아! 아니에요. 제가 그냥 혼잣말한 거예요."

내가 한 말에 나도 놀라 손사래를 쳤다. 순식간에 얼굴이 뜨거워졌다. 머릿속으로만 생각한다는 게 말로 툭 튀어나와 버린 거다. 아무래도 스트레스 게이지가 꽉 찬 것 같다.

"그럼 유 작가님, 촬영 날 뵙겠습니다."

김 PD와 함께 온 스텝들이 떠나고 나자 다리에서 힘이 쭉 풀렸다. 털썩 소파에 주저앉아 집 안을 둘러봤다. 낯설다. 거실을 아늑한 북 카페같이 꾸며 놓아 나름 기분은 달라졌지만, 살짝 불편한 느낌이 들었다. 집은 집다워야지, 집이 잡지에서 막 튀어나온 것 같은 분위기는 영 별로다.

"아, 난 어쩌자고 이런 일을 벌인 거야?"

걷잡을 수 없이 진행된 일을 보면서 아직 촬영 전인데

도 내가 드라마 한 편을 찍고 있는 기분이 들었다. 작년 만 해도 아니 멀리 갈 필요도 없이 한 달 전만 해도 내가 이런 일에 휩쓸리게 될지 누가 알았겠나?

"아이고, 하느님, 부처님, 알라신이여! 저를 굽어살피 옵소서."

지이잉. 지이잉.

생전 가야 찾지 않던 신들을 한데 다 부르고 있는데 전 화가 울렸다. 권 작가다.

"유작, 너 무슨 다큐 찍는다며?"

"그 소리는 또 어디서 들은 거야?"

소식도 빠르다. 내가 말한 적이 없는 것 같은데 어떻게 알았을까?

"야, 난 앉아 있어도 삼만 리야. 근데 어떻게 해서 찍게 된 거야? 무슨 연줄이 있었어?"

"연줄은 무슨 연줄? 뭐 설문 조사를 했는데 애들이 좋 아하는 작가라나 뭐라나. 뭐 암튼 그렇게 돼서 찍게 됐다 네."

"여어~ 그런데 넌 어째 기분이 좋아 보이지 않는다. 방 송 타면 더 유명해질 수도 있는데 좋지 않아?"

"좋기는 개뿔."

헉! 나도 모르게 마음의 소리가 나와 버렸다. 순간 당황해서 내 입술을 때렸다.

"아니, 왜 그래? 남들은 하고 싶어도 못 하는 걸 하면서. 암튼 부럽다 얘."

권 작가는 무슨 염장을 지르는 것도 아니고 계속 엉뚱한 소리를 했다. 내 입장이 돼 보면 정말 그런 말을 할 수 없을 텐데. 강아지가 찡얼거리듯 내가 말을 찡얼거리자 권 작가는 무슨 말인가를 하려다 전화를 끊었다. 전화를 끊는데 타이어에서 바람이 빠지듯 몸에서 힘이 스르르 빠져나갔다. 그러자 만사가 귀찮아졌다. 소파에 벌러덩 누워 잠을 청했다.

"대본은 따로 없습니다. 리얼 다큐니까 일상을 그대로 내보낼 거예요. 돌발적인 상황이 나올 수도 있겠지만 그것 또한 재미니까 있는 그대로 자연스럽게 하기 바랍니다."

영화처럼 '레디 액션'이라는 말도 없었다. 시작인지 어쩐 지도 모르게 아이들이 집으로 들어왔다. 아이들은 둘

레둘레 집 안을 살피다 자신들이 가져온 캐리어 가방을 어디에다 둘지 물었다.

"어, 그건 일단 저 작은 방에 밀어 넣어. 아, 아니다. 잠깐. 캐리어 가방 다 이리로 가져와."

난 아이들이 가져온 캐리어 가방을 한데 모아 놓고 물티슈를 가져왔다. 더러운 길에서 끌고 다니던 건 일단 닦아야 했다.

"작가님! 뭐 하시는 거예요?"

윤미가 내 앞으로 와 쪼그리고 앉아 물었다.

"더러워서 닦으려고."

"아, 도와 드릴까요?"

"아니야, 됐어. 너희들은 쉬어. 애들아, 편하게 쉬어라."

아직도 소파 주변에서 멍하니 서 있는 애들에게 난 편히 쉬라는 손짓을 했다. 그러자 아이들이 하나둘 엉거주춤 소파에 앉았다. 나는 계속해서 가방에 달린 바퀴를 촘촘히 닦아 내고 있었다. 그러다 문득 아이들이 너무 조용하다 싶어 뒤를 돌아봤다.

"아 안 돼!"

난 나도 모르게 소리를 지르며 벌떡 일어났다. 태현이가 크리스털 장식품을 손으로 만지작거리고 있었다.

"죄 죄송해요. 너무 이뻐서 만졌어요."

"이 이런 건 조심해야 해. 그냥 눈으로만 봐 알았지? 다 다른 건 펴 편히 만져."

불쑥불쑥 소리가 커지고, 맘에 없는 소리를 하니까 자꾸만 말이 더듬어졌다.

"책 읽어도 돼요? 여기엔 안 읽은 동화책이 많아서 정말 좋아요."

하영이가 책꽂이를 가리키며 물었다. 정리해 놓은 책을 막 만지는 게 싫었지만 고개를 끄덕였다. 마음이 바늘방석 위에 앉아 있는 듯 엄청 따갑고 불편했다.

"애 애들아, 어차피 일주일간 같이 지내야 하는 거니까 자기 집이라고 생각하고 편히 지내. 아 알겠지?"

정말 맘에 없는 소리를 하려니까 배알이 뒤틀렸다. 그러나 어쩔 것인가? 물은 이미 엎질러져 아무 데나 흘러가고 있는걸.

그제야 아이들은 슬슬 보던 눈치를 풀고 각자 하고 싶은 일을 했다. 정민이와 태현이는 침대가 있는 방으로 들

어가 카드놀이를 하고 세나는 윤미 손톱에 매니큐어를
발라 주었다. 하영이는 소파에 앉아 동화책에 푹 빠져 있
었다.

점심때가 되자 김 PD가 카메라를 잠깐 끄고 식탁이 있
는 곳으로 왔다.

"오늘 점심은 작가님께서 애들 환영회 음식으로 차려
줬으면 해요."

"네? 그건 미처 생각 못 했는데. 저 음식 잘 못 하는데
어떡하죠?"

"아, 그건 걱정하지 마세요. 작가님은 음식 만들고 있
는 모습만 찍으면 되어요. 음식은 저희 요리 담당이 만들
어서 줄 거예요."

"아, 그런 방법이 있군요."

난 한시름 놓여서 고개를 끄덕였다. 어쩐지 TV를 보면
언제나 음식이 먹음직스럽게 보이더라니.

"일단 오늘은 장 보러 가는 장면부터 찍겠습니다. 아
이들에게 어떤 음식이 먹고 싶은지 물어보고 장 보러 가
죠."

김 PD는 할 말을 마치고 다시 카메라가 있는 곳으로 갔다. 나는 거실로 나가 아이들을 불렀다.

"오늘 점심은 뭐 먹고 싶니?"

"누가 만드는데요? 작가님이 만드는 거예요?"

윤미가 또 두 손을 가슴에 모으고 눈을 깜빡깜빡했다.

"그럼. 그러니까 먹고 싶은 거 다 말해."

"피자."

"스파게티."

"돈가스요."

딱 아이들이 좋아할 법한 것만 골랐다. 하지만 그중에 내가 할 줄 아는 건 아무것도 없었다.

"다 다른 건 없어?"

"왜요? 할 줄 모르세요?"

정민이다. 이 녀석은 어째 갈수록 더 까다롭고 편하지가 않다.

"아 아니. 그건 아니고. 그냥 뭐 다른 건 또 먹고 싶은 것 없는가 하고."

"그럼 전 그냥 자장면 시켜 주세요."

"자장면? 시켜 달라고?"

정민이는 고개만 끄덕였다. 뭐지? 이 녀석. 내가 음식 못 하는 걸 알고 하는 거야? 난 흘깃 김 PD가 있는 곳을 바라봤다. 신경이 쓰였다. 아니 정민이에게 지고 싶지가 않았다. (나 어른 맞나?)

"그건 안 돼! 오늘은 해 먹어야 해. 그러니까 먹고 싶은 거 말해."

"자장면 먹고 싶은데……. 아니면 그냥 전 아무거나 먹을게요. 다른 애들이 원하는 걸로 하세요."

"그럼, 스파게티로 해요. 엄마가 만들 때 자주 봐서 도와줄 수 있어요."

윤미가 말했다. 난 다른 아이들에게 한 번씩 눈길을 줬다. 아이들이 한 명씩 고개를 끄덕였다.

"좋아. 그럼 다 같이 마트에 가자."

난 아주 신나는 일을 앞둔 사람처럼 밝은 표정으로 자리에서 일어났다. 아이들도 '야아!' 소리를 지르며 일어났다. 그걸 보니 문득 방송이라는 것이 참 위대하단 생각이 들었다. 평범한 내가 순식간에 나 아닌 다른 사람처럼 행동할 수 있는 걸 보면 말이다.

첫날이 천 날

스파게티란 사서 먹는 음식이다. 내 인생에서 스파게티를 해 먹는다는 건? 있을 수 없는 일이다. 그러니까 면발은 익지 않고 소스가 싱거운 건 당연한 거다.

"왜, 맛없어?"

"……."

"맛없으면 안 먹어도 돼."

순간 울컥했다. 나름 힘들게 요리했는데 애들이 성의도 모르고 떨떠름한 얼굴을 하다니. 서운함 때문에 내 얼굴도 구겨졌다. 김 PD 말대로 그냥 다른 곳에서 해 온 음

식을 먹일 걸 그랬나? 괜히 내가 만든 것 그대로 먹겠다
고 한 게 후회가 됐다.

"아 아니에요. 먹을 만해요."

"난 별론데."

눈치 빠른 윤미는 서둘러 변명했지만, 정민이는 아니
었다. 솔직해도 너무나 솔직했다.

"그럼 넌 먹지 마."

"알았어요."

정민이는 대답과 동시에 벌떡 일어났다. 당황스러웠
다. 나도 모르게 김 PD 쪽을 쳐다봤다. 김 PD는 고개만
살짝 끄덕였다.

"정민아!"

거실로 가려는 정민이를 불렀다. 정민이가 대답 없이
나를 쳐다봤다.

"다른 거 머… 먹을래?"

"다른 거 뭐 없잖아요?"

"어? 아 아니 뭐……워 원한다면 해 줄 수 있어."

"그냥 전 그만 먹을래요. 저 방에 들어가도 되죠?"

그러라고 했다. 그러라고 했는데…… 우씨, 화가 났다.

아무리 생각해도 쪼그만 녀석이 너무 똑떨어지게 말하니까 정나미도 떨어지지만, 자꾸 내가 작아지는 기분이 들었다. 슬슬 열이 받았다. 첫날부터 하기 싫은 맘이 목구멍까지 치밀어 올랐다.

"너희도 먹기 싫으면 안 먹어도 돼!"

난 애꿎게 다른 애들에게 화를 냈다. 그걸 눈치챘는지 아이들은 조용히 끼적끼적 먹었다. 그게 더 화났다.

"안 먹어도 된다고."

거의 으르렁거리듯 말하자 아이들이 하나둘 일어났다. 태현이만 앉아 꾸역꾸역 먹었다.

그러더니 결국 탈이 났다. 태현이는 점심을 먹은 후 얼마 지나지 않아 머리가 아프다고 했다. 이마를 만져 보니 열이 좀 있었다. 약을 줄까 하고 물었더니 그냥 잠깐 자고 일어나겠다고 해서 잠을 자게 했다. 그런데 얼마 지나지 않아 일어나더니 속이 답답하고 배가 아프다고 했다.

난 어린애를 키워 본 경험이 없어서 어쩔 바를 몰라 발만 동동거렸다. 그러다 차라리 병원에 가는 게 나을 것 같아 태현이에게 병원에 가자고 했다. 그러자 옆에 있던 세나가 한마디 했다.

"작가님! 이건요. 체한 거라 손을 따면 돼요."

"손? 그거 어떻게 따는 건데?"

손을 딴 적은 있지만 내가 직접 따 본 적은 없었다.

"에잇, 무슨 어른이 돼서 그런 것도 못 해요? 바늘로 따면 되죠."

아, 저 녀석! 조정민. 내가 하는 일마다 훈수 두는 데 미치고 팔딱 뛰겠다.

"아, 그러지 말고 기다려 봐."

난 예전에 엄마가 체할 때 먹으라고 냉장고에 넣어 둔 매실 엑기스가 생각났다. 얼른 냉장고 문을 열고 음료수 보관함을 봤다. 역시 있었다. 나는 숟가락을 가져와 매실 엑기스를 따랐다. 엑기스라 새까맣고 시큼한 냄새가 나는 게 영 먹기 고약해 보였다.

"먹기 힘들겠지만, 이것 먹으면 금방 낫거든. 그러니까 이것 먹자."

"그거 확실해요?"

또다시 정민이가 한마디 했다. 난 얄미운 맘에 힐끔 째려본 후 숟가락을 태현이 입으로 가져갔다.

"윤미야, 물 좀 떠 와."

"작가님! 저한테 루루라고 불러 주면 안 돼요? 전 루루라고 부르지 않으면 힘이 나질 않아요."

아이고, 정말 가지가지 한다. 도대체 내가 뭘 하고 있는지 참 어이없고 한심하게 느껴졌다.

"그래, 루루 얼른 물 좀 가져와라."

난 윤미에게 물을 가져오라고 말한 후 태현이에게 매실 엑기스를 먹였다. 태현이는 오만상을 찌푸렸다. 엑기스를 간신히 먹은 태현이는 윤미가 가져온 물을 한 모금 먹었다. 그리고 잠깐 누워 있겠다고 하. 더. 니……

"아아악! 우웩! 우웩!"

태현이가 벌떡 일어나 욕실 쪽으로 갔다. 하지만 그 잠시를 못 참고 욕실 앞에서 토했다. 대참사가 내 눈앞에서 버젓이 일어났다.

"어떡해!"

윤미와 세나는 토사물을 보고 얼굴을 가렸다. 정민이는 찝찔름한 표정으로 코를 막았다. 하영이는 내 얼굴과 태현이 얼굴을 번갈아 바라봤다.

"태현아, 요 욕실로 드 들어가."

난 거의 혼이 빠져나간 얼굴로 태현이를 욕실로 들어

가게 했다. 그리고 현관 앞에 놓아둔 신문을 가져왔다. 비닐장갑도 두 손에 끼고 욕실 앞에 섰다. 태현이는 욕실 안에서 멍하니 나를 쳐다봤다.

"넌 양치질해. 내가 치울 테니까."

어른답게 의연하게 말하고 싶었다. 하지만 실패했다. 말끝이 내가 생각해도 창피하게 많이 떨렸다. 비닐장갑을 다시 한번 위쪽으로 끌어당기고 토사물을 바라봤다. 토사물을 맨정신으로 보는 건 정말 끔찍했다. 소화를 못시킨 스파게티 면발은 조금 더 통통 불어 지렁이처럼 내 앞에서 꿈틀거렸다. 시킬 수만 있다면 당장이라도 다른 사람에게 시키고 싶었다. 그러나 안타깝게도 지금 당장 어른은 나 혼자였다. 그 순간 내가 어른인 게 죽을 만큼 싫었다.

"으으윽."

난 두 눈을 질근 감고 신문지로 토사물을 쓸어 담았다. 절로 신음이 터지는 건 어쩔 수 없었다.

첫날이 마치 천 날 같았다.

생일 파티

이러저러하니 사흘이 훌떡 지났다. 하루하루가 전쟁 같았다. 주부들이 아이들 방학을 왜 전쟁이라고 표현하는지를 처음으로 알았다. 엄마란 존재는 진짜 위대한 존재였다. 어떻게 이렇게 아이들을 다 키우고 사는지. 순간순간, 내가 엄마가 아닌 게 얼마나 다행인지 몰랐다.

"유 작가님! 이번엔 특별한 날을 만들어 보려고 해요."

"특별한 날요? 그건 또 뭔데요?"

이젠 김 PD가 무슨 말만 꺼내면 겁부터 난다.

"허허. 놀라지 마시고요. 다른 게 아니라 생일 파티를 열어 주려고요."

"아, 네. 근데 누가 생일인가요?"

"사실 생일인 아이는 없는데, 너무 밋밋하게 나가는 게 좀 그래서 생일인 애를 만들고 그냥 생일 파티를 하면 어떨까 하고요."

"애들이 이상하다고 생각하지 않을까요?"

"그건 염려 마세요. 아이들에겐 미리 당겨서 한다고 할 거니까요."

그렇게 해서 우린 함께 지낸 지 나흘 만에 생일 파티라는 걸 하기로 했다. 생일 파티의 주인공은 9월이 생일인 세나였다.

"제 생일 파티요?"

"응. 미리 당겨서 한다고 생각해."

"그래도 내 생일은 9월인데……."

평소 말귀를 잘 알아먹는 것 같던 세나가 자꾸만 딴소리했다.

"우리 같이 케이크도 만들고 그러면 재밌을 것 같지 않니?"

"케이크라고요? 진짜 케이크 만들 거예요?"

"그렇다니까."

"네. 그럼 좋아요. 히히."

아뿔싸! 갑자기 정신이 확 났다. 케이크를 만든다는 것은 원래 계획에 없었던 일이었다. 세나가 하도 고집을 피우는 바람에 나도 모르게 나온 말이었다.

'내가 미쳤어 미쳐. 이제 혼자 알아서 미쳐 가는구나.'

나는 내 발등을 보면서 보이지 않는 도끼로 발등 찍는 상상을 했다. 그러나 내 발등은 그대로 있고, 내 말도 그대로 세나 귀에 남아 있었다. 이젠 생일을 준비하는 무거운 내 마음만 집 안을 헤매고 다닐 수밖에 없었다.

"작가님! 케이크는 무슨 케이크를 만들 거예요?"

언제는 생일이 아니라고 하기 싫어하더니, 케이크를 만든다는 말을 들은 후로 세나는 틈만 나면 물었다.

"무슨 케이크로 하면 좋겠니?"

"음, 초콜릿 무스 케이크 어때요? 전 그게 젤 맛있어요."

"난 바나나 케이크가 맛있던데."

옆에 있던 정민이가 슬그머니 끼어들었다.

"바나나 케이크는 만들기 힘들걸?"

"초콜릿 무스 케이크는 만들 때 안 힘들 것 같아? 아마, 작가님한테는 다 힘들걸?"

정민이는 표정 하나 변하지 않고 내가 옆에 있는 거 상관없이 말했다. 문득, 정민이가 내 팬이 맞는지 의심이 갔다. 툭하면 딴지 걸고, 어깃장을 놓는 것 보면 앤 분명히 나의 안티일지 모른다.

"나, 다 만들 수 있으니까 걱정하지 마! 하지만 이번엔 세나의 생일이니까 세나가 원하는 거로 할게."

"얘 원래 생일 아니라던데."

정민이가 또 고춧가루를 팍팍 뿌렸다.

"무 무슨 소리야? 얘 생일 맞아!"

"얘 생일 9월이라고 했어요."

"아…… 아 아니야! 얘 생일 맞으니까 그런 줄 알아."

난 더는 말이 나오지 않게 내 방으로 들어갔다. 문을 닫고 바깥에 귀를 쫑긋 세웠다. 자기네들끼리 뭐라고 중얼중얼하는 것 같은데 잘 들리지 않았다. 그러거나 말거나 난 노트북을 폈다. 아무래도 미리 레시피를 봐 둬야 할 것 같다.

아무리 생각해도 내가 하는 짓이 이해가 안 되었다. 평생 해 보지 않은 짓만 골라서 하고 있으니 잘못되도 한참 잘못된 느낌이었다.

세나 생일로 정한 날엔 아침에 미역국을 끓였다. 내 생일에도 끓이지 않던 미역국을 끓여 먹이고 일찍 집을 나섰다. 쓸데없이 케이크를 만든다고 고생을 사서 하는 꼴이 되었다.

대형 마트 제빵 코너엔 케이크를 만들 수 있는 재료가 다 있었다. 신기했다. 여태 한 번도 그 코너를 눈여겨보지 않아 그런 게 있는지도 몰랐는데 별천지처럼 느껴졌다. 난 집에서 메모한 대로 물품을 바구니에 집어넣었다.

우유, 생크림, 초콜릿, 코코아 가루, 젤라틴, 바닐라액, 쿠키, 무스링 틀

생각보다 재료는 많이 들어가지 않은 것 같았다. 코너를 바쁘게 돌지 않아도 물품을 쉽게 구해서 집으로 돌아왔다.

"자, 얘들아! 다 모여 봐."

케이크를 만든다고 하니까 김 PD는 좋은 그림이 나올

거라며 좋아했다. 난 아이들에게 각자 할 수 있는 일을
맡겼다.

"윤 아니 루루는 생크림에 설탕과 초콜릿을 넣고 이 거
품기로 저어 줘. 하영이는 음 그래, 이게 좋겠다. 쿠키를
크림만 빼고 잘게 부수고, 세나는 이 젤라틴 찬물에 담가
줄래? 가만, 정민이와 태현이는 뭘 할까? 누나들이 필요
한 물품 가져다주는 일 할래?"

"네."

간만에 아이들이 밝은 얼굴로 대답했다. 그걸 보니 내
기분도 살짝 좋아졌다. 거참, 이건 또 예상 못 한 거라 어
리둥절하지만 나쁘진 않네.

나는 서랍장에서 필요한 그릇들을 꺼내고 필요한 아이
들에게 나눠 줬다. 윤미는 내가 준 생크림과 설탕을 넣고
휘휘 저었다. 그러다 거품이 일자 거기에 초콜릿 혼합물
을 넣고 저으니 생크림 색깔이 모카 색깔로 변하면서 뭔
가 있어 보였다.

세나는 젤라틴을 찬물에 얼른 담갔다. 하영이는 차분
하고 꼼꼼한 성격답게 쿠키 안에 들어 있던 크림을 잘 걸
어 내서 그릇에 담았다. 그러고는 쿠키를 잘게 부쉈다.

나는 그동안 우유를 데워 세나가 담가 둔 젤라틴을 넣고 골고루 섞어 주었다.

"얘들아, 이제 이 무스 틀에 재료들을 넣을 거야. 재료 가져와 볼래?"

난 애들이 준비한 재료를 무스 틀에 조심스럽게 넣은 다음 냉장고에 넣었다.

"두세 시간 넣어 두면 굳을 거니까 그때까지 기다리자."

"그럼 다 끝난 거예요?"

"아니. 이제 데코를 할 건데, 어떻게 꾸미면 좋을까?"

"우리가 꾸미고 싶은 대로 꾸며도 돼요?"

세나가 신난 얼굴로 물었다. 내가 고개를 끄덕였다. 그러자 환호성을 지르며 '어떻게 꾸미지?' 소리를 계속하고 다녔다.

김 PD가 다른 곳에 부탁한 몇 가지 음식과 케이크를 상에 놓자 제법 그럴싸한 생일상이 차려졌다. 힘들게 해서 그런지 뿌듯했다. 생일상에 아이들이 둘러앉아 내가 자리에 앉기를 기다렸다.

"세나 생일이니까 우리 한 명씩 세나에게 덕담해 주기 할까?"

"오늘 진짜 생일도 아닌데."

말이 끝나기가 무서웠다. 늘 토를 다는 정민이가 작게
구시렁거리는 소리가 들렸다. 난 살짝 째려보듯 정민이
를 쳐다봤다. 입 다물라는 눈짓이었다.

"어디 루루부터 해 볼까?"

"세나야, 너를 이곳에서 만난 건 정말 나에게 행운이
야. 앞으로도 우리 친하게 지내자. 사랑해."

윤미는 닭살 돋게 두 팔로 하트 모양까지 만들었다. 저
게 가능하구나? 속으로 감탄하며 보고 있는데 또 한 번
어디선가 소곤거리는 소리가 들렸다.

"진짜 생일도 아닌데. 웃기네."

정민이었다. 순간 억지로 웃고 있었던 내 얼굴에서 웃
음기가 싹 빠져나갔다. 자꾸 토를 다는 정민이가 짜증 났
다. 아니 무엇보다 방송이라고 가식적인 얼굴로 있는 내
가 더 짜증이 났다. 그 생각을 하니 갑자기 정민이 마음
이 이해되려고 했다. 어쩌면 정민이도 내 맘과 같지 않을
까? 하지만 대 놓고 저렇게 맘대로 표현하는 건 싫었다.
싫어도 견디고 있던 내 마음에 쩍하고 금가는 소리가 들
렸다.

방송의 위력

'무사히'라는 단어를 떠올리자 영화 '쇼생크 탈출'의 주인공 앤디가 생각났다. 그가 오랜 시간을 들여 자유를 찾았을 때 어쩌면 처음 들었던 기분은 '무사히 탈출했구나'이지 않았을까? 그렇다. 나도 지금 그 '무사히'라는 단어를 들어, 내 기분을 표현하고 싶다. 무사히, 무사히 일주일을 끝냈다. 이 기쁨은 첫 장편을 마무리 지었을 때보다 훨씬 더 컸고 그 어떤 자유로움보다 개운했다.

"그동안 고생 많았지요? 정말 수고하셨습니다. 작가님 분량은 다 끝나고 이제 아이들만 따로 방송국에서 일주일간 지냈던 소감을 찍을 거예요."

"아, 네."

"출연료는 정산해서 송금할게요. 방송은 편집 끝나는 대로 나가니까 방송 일정 잡히면 연락드리겠습니다. 어떻게 방송 찍으면서 작품에 도움이 될 것 같나요?"

"아, 아직 정신이 얼떨떨해서 정신을 차리고 나면 작품을 쓰지 않을까 싶어요."

거짓말이다. 작품을 쓰긴 무슨……. 머릿속은 정신없고 아이들 싫어하는 맘은 예전보다 더했으면 더했지 덜하지 않은데 무슨 작품을 쓴단 말인가? 아, 몇 가지 알게 된 건 있다. 속으로 욕하는 것과 억지웃음 그리고 버젓한 거짓말이다. 또 한 가지 알게 된 게 있다면 세상의 모든 '어머니'들이 위대해 보이는 거다. 어떻게 아이들을 키우고 사는지.

"아무튼 작가님, 감사합니다. 나중에 연락드리겠습니다."

김 PD는 넙죽 인사를 하고 봉고차에 올라탔다. 아이들이 봉고차에서 나를 빤히 쳐다봤다. 윤미의 눈망울이 흔들리는 것 빼고는 다른 아이들의 표정은 변함없었다. 나는 마지막으로 아이들을 향해 손을 흔들었다. 최대한 환한 얼굴로 배웅했다. 그러나 내 머릿속 말풍선은 얼굴과 따로 놀았다.

'그래, 이제 가는 거지? 잘 가라? 다시 또 볼 일이 없길 바랄게.'

주차장에서 단숨에 올라와 집으로 들어왔다. 이제 이 집에 나 혼자 있는 거다. 홀로, 오롯이, 자유로이, 고요히.

"야야야."

갑자기 난 미친 듯이 만세를 부르며 소리를 질렀다. 식민 치하에 있다가 독립을 맞은 투사가 빙의라도 된 것처럼 제자리에서 팔딱팔딱 뛰었다. 어찌나 뛰었던지 아랫집에서 연락이 왔다.

"그 집 아이들 좀 조용히 시켜 주세요. 그렇게 쿵쾅쿵쾅 뛰면 어떡하나요?"

"네. 죄송 죄송합니다."

아이들이 있을 때 한 번도 받지 않던 전화를 아이들이 가고 나자 받았다. 좀 어처구니없긴 했지만 그래도 좋았다.

"이제 자유라는 거지? 음, 그래. 이제부터 나 유리안은 자유인이라는 거지? 하하하."

"세상에 체 게바라가 왜 그렇게 목숨 걸고 자유를 갖기
위해 싸웠는지 이제야 알겠네. 이런 기분 때문에 그런 거
지? 아, 난 일제 치하에서 태어나지 않은 걸 얼마나 다행
이라고 여겨야 한단 말인가?"

남들이 보면 '꼴값' 떤다고 하겠지만 그런들 어떠리 저
런들 어떠리. 난 연극배우가 독백하듯 온갖 손짓을 다 하
며, 최대한 폼 나게 중얼댔다.

"이제 조용히 책 좀 봐야겠다."

난 간만에 주어진 시간에 그토록 읽고 싶었던 책을 읽
으려고 했다. 아이들과 있을 땐 틈만 나면 나와서 말을
걸지 않나, 아침 먹고 나면 점심, 점심 먹고 나면 저녁을
준비하느라 하루가 어떻게 가는지 몰랐다. 게다가 한 번
씩 아이들 숙제를 봐주는 일과 외출이라도 할라치면 하
루는 정말 눈 깜짝할 사이에 훅 지나갔다.

"난 결혼하지 말아야겠다. 결혼하고 나면 육아에 살림
에 언제 글을 쓰냐고? 으윽, 난 못 해. 그냥 혼자 살래. 이
게 좋아."

누가 당장이라도 결혼하라고 한 것도 아닌데 나는 고

개까지 흔들며 몸부림쳤다. 그만큼 난 아이들과 맞지 않는 것 같다. 어쩌면 내가 아이들을 좋아하지 않는 이유도 결혼 인자가 없어서 일지도 모른다. 그리고 보면 이번 기회에 그걸 깨닫게 된 건 행운이었다. 아이들이 불편하고 귀찮아 내 시간이 희생되었다고 생각했는데 이런 깨달음을 얻게 됐으니 외려 감사해야 하려나 보다.

'가만, 근데 나 지금 뭐 하는 거지?'

문득 내가 책을 펴 놓고 계속 딴생각만 하는 걸 느꼈다. 집 안을 둘러봤다. 아이들의 체취가 아직 남아 있는 듯 묘한 착각이 들었다. 금방이라도 '작가님, 작가님.' 하면서 내 앞으로 올 것 같은 환상이 눈앞에 그려졌다. 아이들과 케이크를 만들었던 때도 떠올랐다. 윤미가 생크림을 태현이 코에 묻히며 깔깔대고 웃던 모습도 떠오르고.

"으으윽. 미쳤어. 미쳐! 그만, 이제 그만하자!"

난, 마치 눈앞에 누가 있는 것처럼 눈을 부릅뜨고 혼잣말을 했다. 가급적이면 아이들 흔적을 다 떨쳐 내고 싶었다. 그러는 내가 어이없었지만 그랬다. 뭐야? 설마, 나 아이들을 그리워하는 건 아니지? 정말이지 알다가도 모를

나였다.

　눈이 번쩍 떠졌다. 7시다. 벌떡 일어나려다 다시 누웠다. 오늘부턴 굳이 그러지 않아도 되는 건 내가 더 잘 알고 있다.

　"참 나, 습관이 무섭군."

　나는 얇은 이불을 머리끝까지 올리고 다시 잠을 청했다. 오늘은 늘어지게 잠을 잘 것이다. 아이들 때문에 늦잠을 자고 싶어도 못 잤던 한을 오늘부터 풀 것이다.

　하지만 안 온다. 잠이! 일어나야 할 땐 잠이 와 미치겠더니, 잠을 자도 되는 날엔 잠이 완전히 달아나 미치겠다. 다다닥. 무슨 소리가 들렸다.

　"어, 일어났어?"

　순간 아이들이 왔나 싶어 벌떡 일어나 방문을 열었다. 아무도 없었다. 당연했다. 어제 아이들은 다 떠났고 이 집에 나만 있는 건 누구보다 내가 더 잘 알고 있다. 그런데도 한순간 아이들이 다시 온 줄 알고 착각을 하다니. 이게 바로 든 자리는 몰라도 난 자리는 안다는 것인 건가.

　일주일 동안 해 왔던 아침 준비를 하지 않아도 되자 좋으면서도 맥이 빠졌다. 난 조용히 소파로 갔다. 어차피 아침 준비할 필요 없으니 책이라도 읽을 셈이었다. 난 어제 널브려 놨던 책 한 권을 들었다. 읽다 만 페이지를 열었다. 다행인 건 오늘 아침은 어제와는 달랐다. 읽고 있는 내용이 머릿속으로 쑥쑥 들어왔다. 나는 금세 책 속으로 푹 빠져들었다. 그제야 비로소 유리안으로 돌아온 듯 편안해졌다. 무엇보다 마음의 평정이 빨리 찾아온 것 같아 안심됐다.

며칠간 그렇게 심신의 안정과 평화가 지속하였다. 모든 게 만족스러웠다. 다만 그때까지도 집 나간 영감이 돌아오지 않아 속은 여전히 탔다. 그것만 빼면 딱히 나쁘지도 대단히 좋지도 않은 시간을 보내는 중이었다. 하지만 신은 내가 편하게 사는 꼴을 보기 싫은 모양이었다. 일상이 돌아와 이제 글쓰기 시동만 걸리면 만사형통인데 급제동이 걸렸다.

드르륵.

해 질 무렵, 저녁으로 뭘 먹을까 궁리할 때였다. 문자가 왔다. 김 PD였다.

작가님! 안녕하세요. 그간 잘 계셨나요? 며칠 전에 말씀드렸죠? 방송은 오늘 밤 7시입니다. 꼭 보셔요.^^

겨우 문자 하나였다. 아직 방송을 본 것도 아니고 단지 문자 하나 받았을 뿐인데 가슴이 철렁 내려앉았다. 며칠 전에 전화했을 때만 해도 어차피 당장이 아니라 잊어버리고 있었는데 마침내 오늘 방송이라니. 순간 머릿속에서 내가 나올 장면이 빠르게 스쳐 지나갔다. 으윽, 기분이 이상했다. 얼굴도 화끈 달아올랐다. 집에 숨을 구멍이라도 있으면 당장에 머리부터 들이밀고 싶을 정도로 부끄러움이 몰려왔다.

"으아악! 어떡해?"

상상만 해도 손발이 오그라들고 온몸에 두드러기가 날 것처럼 이상했다. 왠지 방송을 못 보내게 막아야 하는 건 아닌가 하는 생각마저 들었다. 그 생각까지 하고 나니 나란 인간이 참으로 어처구니가 없었다. 기껏 촬영해 놓고 나서 방송을 못 하게 하겠다고?

"후유."

몇 번을 숨을 들이쉬었다가 내쉬었다. 혼자 찧고 까부

느라 답장도 어떻게 보내야 할지 생각이 안 났다. 아직 답장을 보내지 않은 손가락이 바르르 떨렸다. 알겠다고 보겠다고 해 놓고 안 보면 되잖아? 누가 지켜보는 것도 아닌데 답장도 못 보내고 왜 이리 쩔쩔매는지 모르겠다. 한심함이 하늘을 찔렀다. 한탄이 절로 나왔다.

"아, 난 왜 이렇게 모자란 거야!"

새삼 나의 모자람과 한심스러움에 소스라치게 놀라며 머리를 흔들었다. 정신 차리고 답장부터 썼다.

네. 보겠습니다. 수고하셨어요.^^

그러곤 후다닥, 크로스백과 이어폰을 챙겨 현관으로 나갔다. 머지않아 7시가 될 것이고 그 시간 동안 그걸 보는 것도, 그렇다고 안 보는 것도 내겐 시험이었다. 그냥 일단 무조건 밖으로 나가 마치 그 시간은 존재하지 않은 것처럼 다닐 것이다.

밖으로 나갔다. 오늘따라 하늘이 노을로 곱게 물들어 있었다. 도심에서 노을을 보는 일이 쉽지 않은데 분홍빛과 회색빛이 뒤섞인 노을을 보니 기분이 묘했다. 뭐랄까?

멜랑꼴리해지면서 정체가 없는 그리움이 스멀스멀 기어 올랐다. 연애 인자가 다 죽은 줄 알았는데 거참 새삼스러웠다. 얼른 크로스백에 챙겨 둔 이어폰을 꺼냈다. 이런 감정은 얼른 오디오북을 들으면서 희석해야 한다.

이어폰을 끼고 정처 없이 걸었다. 어슬렁어슬렁 걷다 보니 어느새 내 발걸음은 집에서 가까운 공원으로 향하고 있었다. 가끔 머릿속이 시끄럽거나 마음속이 복잡하면 가던 곳인데 이미 내 몸이 본능적으로 알아챈 모양이다. 공원엔 생각보다 사람들이 많았다. 한낮보다야 더위가 꺾였지만 그래도 그 더운 시간에 배드민턴을 하는 사람, 조깅하는 사람, 특히 걷는 사람들이 많았다. 나도 그 사람들 틈으로 조용히 끼어들어 한동안 걸었다. 그렇게 오디오북을 듣다 보니 땀이 줄줄 흘렀다. 목이 몹시 말랐다. 아니 탔다.

"젠장, 목말라 미치겠네."

주변을 휘휘 둘러봤다. 누가 있다 한들 내게 물 한 모금 나눠 줄 것도 아닌데 둘러봐졌다. 그때 한 아저씨가 지나가는데 손에 물통이 들려 있었다. 내 두 눈이 물통에 확 꽂히더니 떨어지지 않았다. '물 한 모금만 주시면 안 돼요?'라는 말이 정말이지 목구멍까지 치고 올라오는데 다행히도 사회적 체면 때문인지 튀어나오진 않았다. 결국 물 얻어먹을 생각은 포기하고 공원 입구 쪽에 있는 작은 공원 마트로 갔다.

딸랑.

문을 열자 입구에 있는 종이 울렸다. 그러자 마트 안에서 텔레비전을 보던 주인 할머니가 나를 살짝 돌아봤다. 곧 다시 텔레비전 화면으로 눈길을 돌렸다. 나는 음료 냉장고가 있는 곳으로 갔다. 물을 꺼내 계산대로 오는데 주인 할머니 눈이 이상했다. 자꾸만 텔레비전 화면과 나를 번갈아 봤다. '이 할머니 왜 이러서? 내 얼굴에 뭐 묻었나? 큭큭, 이쁨이 묻긴 묻었지.'라고 속으로 생각하면서 낄낄댔다.

"저기, 저 사람하고 엄청나게 닮았네요?"

주인 할머니가 계산하다 말고 텔레비전을 가리켰다. 아무 생각 없이 뒤를 돌아봤다. 흐어억! 말도 안 돼! 거기엔 7시에 나온다는 다큐 속 내 모습이 있었다. 눈을 홱 돌렸다.

"아, 아 아니에요. 저 저 계산 다 됐죠? 가져가도 되죠?"

나는 얼른 물병을 받아 허겁지겁 밖으로 나갔다. 뒤에
선 거스름돈 받아 가라는 주인 할머니의 말이 들렸지만
모른 체했다. 일단 거기에서 벗어나는 길만이 나의 최선
이었다.

밖으로 나와 공원으로 다시 갈까 하다가 다시 집 쪽으
로 발길을 돌렸다. 시간상 집에 도착할 때쯤이면 방송은
끝나 있을 것이다. 그럼 다신 이런 일을 맞닥뜨리지 않을
거다. 정신없이 집을 향해 걸었다. 그러다 무심코 가전제
품 파는 매장을 지나면서 매장 안을 들여다봤다. 텔레비
전 화면에 내 얼굴이 대문짝만하게 보였다. 망했다.

결국 나는 걷다 말고 뛰었다. 집에 도착해 보니 온몸의
땀구멍이 분화구가 된 것처럼 땀이 줄줄 흘렀다. 일단 샤
워를 한 후 시원한 맥주를 한 캔 꺼냈다. 부끄러워서 뜨
거운지 날이 더워 뜨거운지 모를 몸을 식혀야 했다. 슬쩍
시간을 봤다. 다행히 방송은 끝났을 것 같았다. 캔 하나
를 쭉 들이켰다. 금방 기분이 말랑해지면서 하나 더 마시
고 싶어졌다. 당연히 캔 하나로 만족할 내가 아니라, 세
개 정도를 더 마셨다. 그러자 내 뇌는 금방 잠을 원했다.
소파에 널브러졌다.

그런 채로 나는 잠이 푹 들어 버렸다.

"으으윽, 잘 잤다."

모처럼 늦잠을 늘어지게 자고 일어났다. 기지개를 길게 켜며 발코니 쪽으로 갔다. 바깥 날씨를 보기 위해 블라인드를 쭉 올렸다. 이미 해가 중천에 뜬 바깥은 해가 지글지글 타고 있었다.

"음, 상쾌한 아침일세."

어젯밤의 일은 다 잊은 듯 기분 좋게 햇빛에 얼굴을 내밀고 만족스럽게 웃었다.

쿵!

등 뒤에서 뭔가 툭 떨어지는 소리가 들렸다. 깜짝 놀라 뒤를 돌아봤다. 탁자 위에 올려 둔 핸드폰이 저 혼자 바닥에 떨어진 것이다.

"뭐야?"

귀신이 있는 것도 아닌데 만지지도 않은 핸드폰이 바닥에 떨어져 놀랐다. 별일이다 싶었다. 손을 뻗어 바닥에 떨어진 핸드폰을 주웠다. 그리고 아무 생각 없이 핸드폰 화면을 봤다.

"헐!"

너무 놀라니까 내 입에서 애들처럼 '헐' 소리가 절로 나왔다. 그도 그럴 것이 전화와 톡, 문자가 엄청나게 와 있었다.

"대체 무슨 일이야?"

의아했다. 느닷없이 한 번에 이렇게 많은 전화가 온 건 처음이었다. 일단 전화를 건 사람이 누군지 확인했다. 엄마, 엄마, 아빠, 오빠까지 아주 온 가족이 번갈아 가며 한 모양이었다. 게다가 동료 작가 권, 박, 한 작가도 있었다. 평소 특별한 일이 아니면 절대 전화하지 않는 대표적인 인물들이 돌아가며 전화를 해 벙쪘다. 게다가 그중 가장 압권은 바로 다른 사람이 아닌 전 남친이었다.

"뭐야? 네가 왜?"

헤어진 지가 얼만데 난데없이 전 남친 번호가 떠 깜짝 놀랐다. 동시에 내 얼굴이 삽시간에 뜨끈뜨끈해졌다. 그와 헤어질 때 부렸던 진상이 따로 캡처해 둔 화면처럼 자동 재생됐다. 헤어질 수 없다고 술만 먹으면 전화해서 울고불고 욕하고 소리 지르고. 지금 생각해도 체머리가 나는데 대체 이 인간은 왜 전화한 걸까? 눈 밑에 있는 깨알만 한 점만큼도 갖고 싶지 않은 흑역사가 자동 소환되자 입맛도 쓰고 머리는 어질어질했다. 한동안 뜨끈한 머리로 전화번호를 바라보다가 문자들을 확인했다. 문자에도 전남친의 메시지가 있었다.

잘 지내? 아니다. 텔레비전 보니까 잘 지내는 것 같더라. 그동안 책도 많이 내고 꽤 유명해졌던데? 아무튼 너 잘된 거 보니까 기분은 좋더라. 언제 술 한잔할까? 참 요샌 술 먹고 울거나 욕하진 않지? ㅋㅋㅋ

"으아악!"

나의 새된 비명이 온 집 안에 울려 퍼졌다. 도무지 견디기 힘든 창피함에 소리를 지르지 않을 수가 없었다. 세상에! 뭔가 좀 이상하다 싶었는데 알고 보니 어젯밤에 방영된 그 방송 때문이었나 보다. 누가 볼까 싶었는데 하필 전 남친이라니. 아이고, 이제 이 얼굴을 들고 어디 나갈 수나 있을까? 참으로 울고 싶어졌다. 하지만 울지도 어쩌지도 못하고 전전긍긍하고 있는데 핸드폰 진동이 울렸다. 권 작가였다.

"오올, 유리안!"

'여보세요'라고 말하기도 전에 권 작가 목소리가 수화기를 뚫고 나왔다. 남의 일에 왜 흥분하는지 모르겠지만 잔뜩 들떠 있는 목소리였다.

"어. 왜?"

"아니 왜라니? 설마 벌써 유명세 떠는 거야? 사람 가리며 전화 받는 거?

"아, 뭐래?"

불난 데 부채질하는 것도 아니고 권 작가는 속없이 입에서 나오는 대로 지껄였다.

"어제 방송 잘 찍었더라? 야아, 부럽다. 역시 사람은 일단 이름이 나고 봐야 해. 동화 작가 누가 알아주나 해도 이렇게 TV에 나오면 인생 달라지지. 아, 난 누가 안 부르나?"

권 작가는 별로 관심도 없는 말을 주절주절 내뱉었다. 원래 질투심 많은 작가라 그러려니 하는데 솔직히 성가셨다.

"유작, 너 진짜 좋겠다. 이제 진짜 꽃길만 걷는 거 아니야?"

"꽃길? 뭔 꽃길?"

허튼소리도 정도껏 해야지 텔레비전 한 번 나왔다고 꽃길을 걷느니 마느니 하니 짜증이 확 일었다.

"야아, 이제 네 책은 엄청나게 팔릴 수도 있어. 그러면 넌 진정 인세로만 먹고 사는 작가가 되는 거지."

"말도 안 돼. 설마 사람들이 그러겠어?"

나는 말도 안 된다는 듯 쭛쭛거렸다. 솔직히 방송 한 번 타서 책이 팔릴 것 같으면 세상에 안 팔릴 책은 하나도 없을 것이다. 그랬다. 분명 나는 그렇게 생각했다. 나는 꽃길이네 어쩌네, 인세로 사느니 마느니 하는 권 작가의 말을 터무니없다고 생각하며 귓등으로 들었다.

피할 수 없으면 즐겨라!

세상은 정말 알다가도 모를 일이었다. 아니, 방송의 위력이 그렇게 클 거라고는 상상도 못 했다.

"작가님, 잘 계셨죠?"

친인척 동료 작가들에 이어 이젠 출판사 편집장의 전화까지 이어졌다. 그것도 나온 지 오래되었을 뿐만 아니라, 팔리지 않는 죽어 있는 책을 출간한 출판사 편집장이었다.

"아, 편집장님! 오랜만이에요. 그간 잘 계셨죠?"

"네, 작가님. 전 작가님 덕분에 잘 지내게 되겠는데요?"

"네? 그게 무슨 말씀이세요?"

"《열두 살의 모나리자》 재쇄 들어가요. 그거 6쇄까지 들어가고 나서 한동안 뜸했는데 글쎄 이번 방송을 보고 사람들이 주문하나 봐요. 기왕 재쇄 찍는 거 부수도 좀 넉넉히 했어요."

"정말요? 와, 대박인데요?"

진심 놀라웠다. 권 작가가 어쩌고저쩌고 할 땐 콧방귀도 안 뀌었는데 막상 편집장 전화를 받으니 실감이 나기 시작했다.

"혹시 써 놓은 작품 있으면 주세요. 전작 나갈 때 바로 밀면 좋잖아요?"

"아, 그러네요? 근데 지금 작품 쓰고 있어서……."

'거짓말!'

정민이가 있으면 이런 나를 보고 바로 저렇게 말했을 것 같다. 하지만 차마 없다고는 말할 수가 없어 쓰는 척이라도 했다.

"그럼 계약서 보낼 테니까 그 작품 저희 주세요."

"네? 계약서 보낸다고요?"

헉, 말도 안 돼! 편집장의 생각지도 못한 말에 잠시 멍해졌다. 사실 이런 적은 처음인지라 어떻게 대답해야 할지를 몰랐다. 그간에 책을 많이 내어서 미리 청탁받고 쓴 경우도 있었지만, 이번처럼 쓰고 있는 것을 달라며 계약서 보내겠다고 하는 건 처음이었다.

"그 그게……."

"그럼 계약서는 먼저 메일로 보낼 테니까 확인해 보시고요. 사인해서 보내시면 됩니다."

"네 네."

아직 한 줄도 안 나간 원고를 생각하면 이런 대답은 해서는 안 되는 거였다. 만약에 안 써지면 그땐 어떻게 하려고 이런 무모한 짓을 하는지 당최 스스로가 이해가 안 됐다. 하지만 난 원래 거절을 잘 못 한다. 사실 거절을 잘 못 해서 이번 방송 건도 한 게 아니던가. 그래서 고생을 있는 대로 해 놓고 또 이런다.

전화를 끊었다. 방금 편집장의 이야기를 되돌려 보는데 뭐가 뭔지 어리둥절하기만 했다. 사람들이 방송만 타면 모든 일이 해결될 것처럼 말하던 게 제대로 실감이 났다. 오죽하면 아이들조차 '텔레비전에 내가 나왔으면 정말 좋겠네. 정말 좋겠네!'란 노래를 부를까?

"허허, 허허. 그렇구나. 이런 거구나."

난, 마치 실성한 사람처럼 실실 쪼갰다. 실감이 나면서
안 났다. 볼을 꼬집어 보니 아픈데 아프지 않았다. 종일
제대로 밥을 먹지 않아 배가 고픈데 고프지 않았다. 이
모든 것들이 그저 남의 일처럼 느낌이 없는 듯 있었다.
그러자니 앞으로 어떤 일이 벌어질지 사뭇 불안하게 기
대가 됐다. 문득 인생 길게 살고 볼 일이라는 생각도 들
었다.

"와, 기왕이면 다 대박 나라."

한 번도 해 보지 않은 경험을 하는 건 꽤 스펙터클하면
서 긴장감이 만만치 않은 일이었다. 그런 건 한 번만 해
도 에너지가 많이 소모되는데 며칠 동안 그 일들이 계속
이어지니 거의 제정신이 아니었다.

"안녕하세요. 유리안 작가님, 저는 창동출판사 김민진
편집장입니다."

"아! 네? 안녕하세요."

방송을 본 후로 많은 곳에서 전화했지만 간혹 생각지
도 않은 곳에서 전화가 오기도 했다. 바로 메이저급이라
고 말하는 대형 출판사였다. 몇 번 책을 내려고 작품을

보냈다가 거절당한 곳이라 상당히 놀랐다. 특히나 원고를 보낸 것도 아닌데 전화를 한다? 이건 정말이지 상상도 못 해 본 일이었다.

"얼마 전 방송 잘 봤어요. 어떻게 그런 다큐를 찍으실 생각을 하셨어요?"

"아, 네. 우연한 기회에 섭외가 들어와서 찍게 됐어요."

"그러시구나. 그것 보고 나니까 작가님의 다음 작품이 너무 기대되더라고요. 그래서 말인데요. 저희 출판사와도 작업 한 번 같이 해요."

"아, 네네. 저야 그러면 좋죠."

난 편집장의 의례적인 말에 걸맞게 똑같이 의례적으로 대답해 줬다.

"정말이시죠? 그럼 언제 뵐까요? 오늘 시간은 어떠세요?"

"네?"

눈앞에서 뭐가 확 지나간 것처럼 눈이 껌뻑거려졌다. 방금 내가 들은 말이 뭐지? 천하의 창동출판사가 나와 작업을 하고 싶다고? 이거 레알 실화임?

"오후 시간 어떠세요? 마침 제가 오후에 미팅 있어서

나가는데 작가님 나오시기 편한 곳으로 갈게요."

창동출판사 편집장은 망설이고 주저할 틈을 주지 않았다. 내가 뭐라고 대답하기 전에 약속 장소와 시간을 말했다. 나는 그저 그 말에 '네 네.' 하고 대답만 무한 반복했다. 며칠간 집 밖을 나가지 않던 난 그렇게 밖으로 나갔다. 오후의 햇볕은 환하다 못해 눈이 부셨고 열기도 여름 한가운데인 게 티가 날 정도로 뜨거웠다. 나와서 몇 걸음 걷지도 않는데 벌써 이마에서 땀이 주르르 흘렀다. 난 가방에서 작은 노트를 꺼내 부채질을 하며 경비실 앞을 지나고 있었다. 그때 마침 경비실에서 경비 아저씨가 나왔다.

"안녕하세요. 작가님!"

"네?"

경비 아저씨가 내가 작가인 걸 어떻게 알았을까? 1초쯤 생각하다 바로 아차 했다. 경비 아저씨도 남들이 다 본 그 다큐를 본 것이다.

"아, 안녕하세요."

마지못해 내가 웃으며 고개를 꾸벅했다.

"우리 아파트에 작가님 같은 훌륭한 분이 살고 계신다

는 게 꿈만 같습니다. 게다가 이렇게 미모도 출중하시니 얼마나 좋으십니까? 아이들을 위해서라도 좋은 작품 많이 부탁드립니다."

"아, 네네. 그럼 저는 일이 있어서요. 안녕히 계세요."

나는 경비 아저씨한테 꾸벅 인사를 하고 도망치듯 자리를 피했다. 집에서 전화만 받을 때와는 또 다른 난처함이었다. 한마디로 첩첩산중이었다. 연예인들이 어디 나다닐 때 모자와 마스크를 쓰는 이유도 이젠 알 것 같았다. 그 생각을 하자 가방에 넣어둔 선글라스가 생각났다.

'그래, 그거라도 끼자!'

나는 얼른 선글라스를 꺼내 꼈다. 그러고 나자 왠지 안심됐다. 피식, 웃음도 났다. 며칠 새에 난 연예인 병에 걸리게 생겼다. 사람 일은 알 수 없다더니 나도 내가 이럴 줄은 꿈에도 몰랐다. 적응이 안 될 것 같으면서도 또 어쩐지 금방 될 것도 같다. 아무튼 경비실을 지나 택시 승강장으로 빠르게 걸어갔다.

창동출판사 편집장과는 만나 얼마 지나지 않아 이야기가 잘 끝났다. 전화로 이미 절반쯤은 해둔 터라 나머지

이야기는 빠르게 끝났다. 일단 결론을 말하자면 출판사에서 기획하고 있는 원고를 하나 써 주기로 했다. 계약서도 바로 쓰기로 했다. 일사천리로 이야기를 마치고 나니 얼떨떨했다. 작품을 투고할 땐 꼬박 한 달이 돼야 피드백이 오던 출판사가 방송 한 번 타고 나니까 하루도 지나지 않아 계약이 성사된 것이다. 특별 대우를 받은 것 같아 기분이 묘했다. 붕 뜨는 것 같다가도 왠지 씁쓸했다. 만약 내가 방송 탈 일이 없었다면 과연 이런 일이 있을 수 있을까? 아마 절대 그런 일은 없을 것이다.

문득 도대체 방송이 어땠기에 이렇게 거대 출판사까지 달라졌을까 궁금해졌다. 그 생각을 하자 내내 입질이 없던 낚시찌가 흔들리듯 내 맘이 마구 흔들리기 시작했다. 부끄러움 때문에 애써 외면했던 호기심이 치솟아 오르고 더는 견딜 수 없는 지경까지 이르렀다. 결국 내 손은 '다시 보기' 사이트로 들어가 방송을 클릭하고 있었다. 먼저 섬네일이 보였다. 나와 아이들이 환하게 웃는 모습이 화면 안에 가득 찼다.

"언제 이런 모습도 찍었나?"

기억에도 없는 장면인지라 고개가 절로 갸웃거려졌

다. 새삼 방송이라는 게 이런 건가도 싶었다. 그나마 흔히 말하는 악마의 편집이 아닌 건 다행이다 싶어 침을 한 번 꿀걱 삼켰다.

"쉿, 뭐야? 이건 내가 봐도 나한테 반하겠잖아?"

그랬다. 내 영혼을 수시로 침범해 후회를 백만 구천 구백 구십 번을 하게 했던 아이들과의 일주일은 꽤 다정하고 달달하면서 환상적으로 만들어져 있었다. 완전 천사의 편집이었다. 아, 비로소 메이저급 출판사가 무얼 봤는지 알 수가 있었다. 나는 정말이지 매대에 올려 두면 잘 팔릴 최상의 상품으로 만들어져 있었다.

새삼 인생은 알다가도 모를 일이란 생각이 들었다. 일단은 오래 살고 볼 일이었다. 지금 당장에 힘들다고 고꾸라져 있을 게 아니라 일어나 있다 보면 언젠가는 걸을 수 있다. 물론 힘이 좀 생기면 쌩쌩 달릴 수도 있을 거고. 그걸 방송이, 방송 이후가 가르쳐 줬다. 그건 내가 한 번도 상상한 적 없는 일이었다. 그리고 그런 일은 계속 생겨났다.

미팅이 끝난 후 밖으로 나오니 밖은 여전히 환했다. 환해도 너무 환해 집으로 들어가자니 영 아쉬웠다. 주변을 둘러봤다. 퇴근 시간이 멀어서 그런지 오가는 사람도 별로 보이지 않았다. 대형 서점 간판이 보였다.

"책이나 한번 보고 갈까?"

나는 서둘러 서점 쪽으로 발길을 옮겼다. 이 서점은 지점 중에서 비중 있는 서점이라 그런지 많은 사람이 오갔다. 한쪽 테이블에 앉아 책을 보고 있는 사람들과 서성거리며 구경하는 사람들 그리고 계산하는 사람들이 보였다. 나는 매장 입구에 서서 안을 휘휘 둘러봤다. 늘 그렇지만 오늘도 마찬가지로 눈에 띄는 책은 성인 책이었다. 소설이나 시, 에세이가 베스트셀러 코너에서 조명을 받아 반짝반짝 빛나고 있었다. 기라성처럼 딱 버티고 있는 것이 건드릴 수 없는 성역처럼 느껴졌다. 괜스레 한숨이 나왔다. 어쩐지 못 오를 산 같았다.

아무리 좋은 동화가 나와도 서점 베스트 코너에 올라가 있는 건 거의 본 적이 없다. 매대에 책이 올라가는 것도 다 홍보비가 들어간다는 건 알고 있지만, 전 국민이 다 읽는 베스트셀러 코너에 못 들어가니 어쩐지 홀대를 받는 기분이었다. 그나저나 어린이 베스트코너도 순전히 학습 만화 위주니 더 말해 무엇하랴? 그런데, 그런데 말이다. 저, 저건 뭐지?

내 눈이 휘둥그레졌다. 못 볼 것을 본 것처럼 선글라스를 벗고 눈을 비벼 봤다. 세상에 만상에 저것이 지금 내 이름이 맞는 건가? 아니 내 책들이 맞는 건가? 입이 떡 벌어진 채 방금 본 것이 맞는지 확인하러 갔다.

허둥지둥 가서 내가 멈춘 곳은 바로 어린이 코너였다. 심지어 내 책만 모아 놓은 매대였다.

'리얼 다큐에 출연한 '유리안' 작가의 동화 모음전'

"으흐흐흐흐."

괴상한 웃음소리가 내 입에서 흘러나왔다. 슬그머니 볼살도 꼬집어 봤다. 감각이 없는 것이 꿈인가? 그때 누군가 내 팔을 툭 치고 지나갔다.

"앗!"

"죄송합니다."

팔꿈치가 찌릿한 걸 보니 꿈은 아닌 모양이다. 그나저나 이 매대는 뭐지? 분명 출판사에선 아무 말이 없었는데? 그렇다면 서점에서 알아서 이렇게 매대를 만든 건가? 하기야 방송에서 본 작가의 책이 눈에 띈 곳에 있으면 더 잘 팔리기는 할 것 같다. 새삼 방송의 위력을 또 한 번 느껐다.

첫 책이 나올 때부터 내가 제일 먼저 한 일은 서점에 가는 거였다. 내 책이 어디에 꽂혀 있는지 직접 내 눈으로 확인하고 싶었다. 그건 작가 지망생 때부터 꿈꿔 왔던 일 중 하나였다. 내게 서점 나들이는 책을 사기 위함이 아니라 내 책이 진짜 있는지 혹은 잘 팔리는지를 확인하러 가는 것이다. 그런데 내 책이 혹시라도 매대 위가 아닌 책꽂이에 꽂혀 있으면 마음이 달라진다. 주변을 쓱 살펴 본 후 슬그머니 꺼내 다른 작가의 책 위에 올려 둔다. 솔직히 매대 위가 아닌 책꽂이까지 가서 책을 사는 사람을 거의 본 적이 없기 때문이다.

그런 일도 있었다. 신간이 나와 확인차 서점을 갔는데, 마침 책을 사러 온 엄마와 딸이 매대 가까이 왔다. 두 사람은 한동안 책을 고르는 것 같더니 손에 들린 책이 서로 달랐다.

"엄마가 보니까 이 책이 재밌을 것 같아. 이거로 사자."

"싫어. 난 이걸로 살래."

"그런 건 좀 아니야. 그거 동화도 아니고 뭐도 아니고. 그냥 동화책 사."

엄마는 딸이 봤으면 하는 책을 자꾸 내밀며 우겼다. 내 책은 아니었다. 그 순간 내 속에서 천불 나듯 욕망이 사르르 타올랐다.

'어머니, 그 책 말고 이 책요. 제 책을 사셔야죠. 왜 이렇게 책 보는 눈이 없어요? 제 책 딱 봐도 재밌을 것 같지 않으세요?' 혹은 '내가 이 책 쓴 작가야. 내 책을 사면 사인해 줄게.'

티가 나지 않게 엄마와 딸을 보면서 속으론 열심히 내 책을 소개했지만 결국은 말 한마디 못 꺼냈다. 그런 일은 서점에 가면 가끔 있었다.

그런데 그럴 필요도 없이 떡하니 매대 위에 내 책만 있었다. 웃음이 실실 나왔다. 입에서가 아니라 속마음 가장 밑바닥에서부터 용암처럼 솟아오르는 웃음이 내 몸을 흔들었다.

"흐흐흐흐흐."

소리 죽여 한참을 웃다가 서점을 나왔다.

해가 참 길었다. 여전히 밝고 맑은 하늘을 보자 숨통이 확 열렸다. 그간 다른 작가에 비해서 좀 낫다고 생각해도 여전히 출판사나 서점에 억눌려 있던 마음들이 있었는데 그게 서서히 풀리는 느낌이었다. 아까 집에서 나올 땐 경비 아저씨의 과도한 반응 때문에 창피했는데 이제 달라졌다. 피할 수 없으면 즐기라고 했던가? 방송의 흔적이 사라지기 전까지는 더 즐겨도 좋을 것 같았다.

1박 2일

지이잉, 지이잉.

뭔가 이상한 소리에 잠이 벌떡 깼다. 분명 좀 전까지 책을 읽은 것 같은데 어느새 잠이 든 모양이었다. 책에 침까지 흘려 놓아 끈적거렸다. 난 입 주변을 쓱 닦고 핸드폰 화면을 봤다. 김 PD였다.

"아, 여보세요."

"작가님, 일어나셨죠?"

"그럼요. 근데 무슨 일로."

나는 티 나지 않게 목을 가다듬고 물었다.

"아, 다름 아니고요. 상의 드릴 일이 있어서요. 전화로 말고 직접 뵀으면 하는데, 오전에 만나면 어떨까요?"

"상의 드릴 일요? 방송 끝났는데 아직도 상의할 일이 있어요?"

나는 약간 여유 있는 말투로 농담하듯 대꾸했다. 방송이 나온 후로 한 번에 몰아닥친 일들, 그중엔 며칠 전에 신문 인터뷰까지 했다. 그 일까지 하고 나니 이젠 더 할 일이라는 게 있을까 싶었다.

"네. 방송 이후 반응에 대해 스텝들과 회의를 한 내용을 말씀드리려고요."

"네. 알겠습니다."

김 PD는 그 어느 때보다 태연했다. 시청률이 나쁘지 않았다니 그럴 만도 했다. 아무튼 그런 김 PD의 태도에 나는 정말이지 어떤 예측이나 생각은 전혀 하지 않고 약속을 정했다. 그리고 가벼운 맘으로 방송국 로비로 들어갔다. 이제 경비 아저씨도 나를 잡지 않았다.

"네? 그게 무슨 말이에요? 촬영한 거 방송도 이미 다나갔는데 또 찍는다고요?"

"시청률이 잘 나오니까 후속으로 또 뭔가를 보고 싶어

하는 시청자들이 있더라고요. 그래서 저희가 계획한 건 작가님이 아이들과 1박 2일 여행을 떠나는 겁니다."

"그 그건 말도 안 돼요. 아니, 전 할 수 없어요."

방송 후 생긴 다양한 일들로 좋은 점도 많았지만 이제 더는 싫었다. 딱 한 번 정도 그 정도면 충분하다.

"그러지 말고 다시 한번 생각해 보세요. 작가님도 그런 경험은 한 번도 없잖아요. 어쩌면 이번 여행이야말로 새로운 뭔가를 만나는 여행이 될 수도 있으니까요."

김 PD의 말은 참으로 청산유수였다. 어떤 상황이든지 간에 갖다 붙이는 일은 기가 막히게 잘했다.

"아이들은 좋다고 했습니다. 아니, 벌써 여행을 기다리고 있습니다. 작가님, 1박 2일이잖아요. 금방입니다. 금방이니까 그렇게 걱정 안 하셔도 됩니다."

울며 겨자 먹기! 또다시 그걸 실천에 옮겨야 할 기분이 들었다. 1박 2일 무인도 여행. 온갖 핑계와 여전히 내키지 않는 마음이 무럭무럭 솟았다. 하지만 김 PD 앞에선 차마 거절할 수가 없었다. 폼 보니 허락할 때까지 놓아 주지도 않을 것 같았다. 할 수 없었다. 눈을 질근 감았다. 그리고 결정했다. 모두가 원하는 여행이라는 데 달리

어쩔 도리가 없었다.

"네. 알겠어요."

난 탈출에 실패해 다시 감옥으로 돌아가는 빠삐용 같은 기분으로 집으로 돌아왔다. 진정 나의 자유는 언제쯤이면 되찾을 수 있을까?

세상사 좋은 일은 늘 더디고 꺼리는 일은 어찌 그리도 빠른지 모르겠다. 몇 밤 안 잔 것 같은데 어느새 1박 2일 여행 일정이 다가왔다.

"바람이 심상치 않은데 괜찮아요?"

김 PD가 나눠 준 구명조끼를 입으며 내가 물었다. 무인도로 출발하기 위해 모인 선착장 앞에 있는 배들이 바람이 불 때마다 띄어 놓은 풍선처럼 마구 흔들렸다. 그걸 보니 여간 불안한 게 아니었다.

"일기 예보에 태풍이 온다는 말이 있었는데 일본으로 비껴간대요. 지금은 파도가 높긴 한데 조금 있으면 괜찮아질 거니까 걱정하지 마세요."

"아니 딱 보기에 그게 아닌데요?"

"이 정도는 괜찮습니다. 걱정하지 마세요."

김 PD가 웃는 얼굴로 계속 걱정하지 말라는 말만 했

다. 그때 차 한 대가 선착장으로 들어오는 것이 보였다.

"PD님 애들 도착했어요."

구성 작가가 막 달려와 아이들의 소식을 알렸다.

"같이 가시죠?"

김 PD가 봉고차가 있는 곳으로 발걸음을 옮겼다. 나도 그 뒤를 그림자처럼 따랐다.

"애들아, 어서 와."

김 PD가 차 문을 열고 아이들에게 알은체했다. 아이들은 도착할 때까지 잠들어 있었던 모양인지 부스스한 얼굴로 쳐다봤다.

"안녕하세요. PD님, 작가님."

"안녕!"

난 손을 들어 인사했다. 오는 건 싫었는데, 또 막상 아이들을 보니까 살짝 반가운 맘도 들었다.

"자, 얼른 나와라. 밖으로 나와 바람 좀 쐬어 보렴."

"네."

아이들은 배낭을 하나씩 둘러메고 밖으로 나왔다. 나와 아이들은 조감독이 알려 준 자리에 서 있었다. 스텝들은 부지런히 배에 뭔가를 싣고 있었고, 구성 작가들도 바쁘게 움직였다.

"작가님, 여행 가게 돼서 너무 기분이 좋아요."

윤미가 특유의 손짓과 말투로 내게 말했다.

"그래?"

"작가님은 어때요?"

"나? 나야 뭐, 응. 나도 좋아."

또 거짓말했다.

"너희들은 어때?"

난 할 말이 없어서 다른 네 아이를 둘러보며 물었다. 세나가 설레는 표정을 지으며 '좋아요.' 했다. 하영이도 정민이도 오늘은 밝은 표정으로 같은 대답을 했다. 태현이만 살짝 얼굴을 찡그렸다.

"태현인 별로야?"

"아니 그건 아닌데요. 전 뱃멀미를 해서 조금 걱정돼요. 그리고 엄마랑 떨어져서 여행 간 건 처음이라 무섭기도 하고요."

"멀미는 약 먹으면 괜찮을 거야. 나도 약 먹었어. 이따가 PD님한테 물어봐."

웬일로 정민이가 나서서 태현이를 달랬다. 그사이 아

이들이 좀 더 친해진 것 같다.

"잠깐만요. 여러분들, 이곳으로 모여 주세요."

한참 동안 선장과 이야기를 나누던 김 PD가 확성기로 사람들을 불러 모았다.

"갑자기 차질이 좀 생겼습니다. 원래 배 두 대로 가려고 했는데 일정을 바꿔 한 대로 움직여야 할 것 같습니다."

"왜요?"

정민이가 손을 들어 물었다. 역시 정민이는 그냥 넘어가는 법이 없었다.

"스텝들이 탈 배의 모터가 고장 나는 바람에 먼저 배한 대로 작가님과 아이들 그리고 짐을 실어 나르고요. 그배가 나오는 대로 나머지 인원들이 출발하겠습니다."

김 PD의 말이 끝나자마자 웅성거리는 소리로 소란스러워졌다. 그러자 김 PD가 얼른 확성기에 대고 말하기 시작했다.

"자, 그만 조용히 하고 빨리 움직여 주세요. 시간이 없습니다. 한 대로 왔다 갔다 하려면 오늘이라는 시간은 금방 지나 버립니다. 그럼 아시겠지만, 방송 분량이 나오기 힘들 수도 있어요."

그렇게 해서 우리는 먼저 배에 올랐다. 많은 짐 때문에
스텝은 두 사람만 탔다. 가서 짐을 내리고 텐트까지 쳐
놓고 나오라는 김 PD의 말을 듣는데, 바람이 세차게 불었
다. 사람들의 머리카락이 사정없이 눈앞을 가렸다.

"와, 바람 엄청나게 세다."

"간만에 시원한 바람이 부는 것 같아."

아이들은 어른들처럼 특별히 걱정은 하지 않았다. 그
모습을 보니 오히려 안심되기도 했다. 걱정한답시고 징
징대면 감당하기 힘들 것이다. 스텝 빼고 어른은 나 혼자
인데, 생각만 해도 싫었다.

"애들아, 자리 잡고 앉아."

스텝 한 명이 아이들을 불렀다. 아이들은 스텝이 가리
키는 곳으로 가서 한 사람씩 앉았다. 아이들이 자리를 잡
고 앉자 배가 바로 출발했다.

나는 배 한 쪽으로 가서 바다를 바라봤다. 망망대해를
바라보고 있자니, 한 줄도 못 쓰던 컴퓨터 모니터가 생각
났다. 아득하고 막막하면서도 뭐랄까? 알 수 없는 미지의
세계로 발을 내디딜 때의 무섬증? 지금 바다에서 그것이

느껴졌다. 게다가 무인도라니. 내 인생에서 새로운 경험으로만 만들어진 해는 아마 이번 해가 갑일 것이다.

"작가님, 이쪽으로 오세요. 여기 편해요."

세나가 손나팔로 나를 불렀다. 아이들은 튜브 위에 올라 있기도 하고, 작은 의자에 앉아 있기도 했다.

나는 아이들이 있는 곳으로 갔다. 일단 다리도 아프고, 멀미약을 먹었어도 워낙에 뱃멀미를 잘하는지라 아이들이 있는 곳에서 쉬려고 했다. 하지만! 내 눈이 아이들이 앉아 있는 바닥에 머물게 되자 맘이 싹 바뀌었다. 기름때와 들락거렸던 사람들의 발자취로 인해 바닥은 앉기에 너무 찜찜하고 더러워서 도저히 앉기가 힘들었다.

"저 저기, 난 말이야. 잠깐 작품 구성할 게 있어서 말이야. 저기 좀 서 있을게. 너희들은 쉬고 있어."

"아, 멋져요. 역시 작가님은 그냥 작가님이 아닌가 봐요."

윤미가 제때 거들어 줘 나는 아까 서 있던 자리로 다시 갔다.

바다를 향해 섰다. 바다가 보였다. 바다만 보였다. 바다가 질렸다. 눈이 아팠다. 다리도 아팠다. 멀미가 시작되려는지 머리도 지끈거렸다. 속도 울렁거렸다. 하는 수 없었다. 아이들이 있는 곳을 바라봤다. 아이들이 잔다!

아이들이 무슨 난민들처럼 널브러져 자고 있었다. 잘됐다 싶었다. 나는 얼른 아이들이 있는 곳으로 갔다. 그때 한 스텝이 전화를 받으며 내 앞으로 왔다.

"작가님!"

"네."

스텝의 표정이 난처한 듯 입을 움찔거렸다.

"저기, 아무래도 다시 배를 돌려야 할 것 같아요."

"아니 왜요?"

이건 또 뭔 소리인가 싶어 눈을 동그랗게 뜨고 물었다. 기껏 힘들게 여기까지 왔는데 다시 돌아간다니? 이게 말인가 방귀인가 병귀인가?

"태풍이 이따 오후부터 온다고 해서 회항해야 한다는 연락을 받았어요."

헉, 이게 말이 되나? 분명 내가 아까 괜찮겠냐고 물어봤을 땐 괜찮다며? 근데 인제 와서 태풍이라니? 똥개 훈련하는 것도 아니고 이게 뭐야?

"아깐 괜찮다면서 이게 뭐예요? 그럼 집으로 가는 건

가요?"

　차라리 잘됐다 싶어 마음을 누그러뜨리고 물었다.

　"아니요. 그건 아니고 도착지가 바뀌었어요."

　"도착지가 바뀌었다고요? 어디로요?"

　"계곡 산장요."

　"뭐라고요?"

예상치 못한 상황

"도착했습니다. 일어나세요."

우리를 태운 봉고차가 휘청하는 느낌과 동시에 누군가가 깨우는 소리가 들렸다. 스텝 중 한 사람이었다. 결국 무인도를 가려다 돌아온 우리는 곧바로 첩첩산중 계곡이 있는 산장으로 왔다.

"아, 네. 도착했다고요?"

"네. 아이들도 깨워야 할 것 같아요."

아이들을 깨우라는 소리만 할 뿐이었는데, 아이들은 저절로 일어났다. 다들 늘어지게 하품을 하고 기지개를 피며 일어났다.

"와, 와!"

우리가 도착한 산장을 보고 정민이가 감탄했다. 아닌
게 아니라 입이 벌어지긴 했다. 온통 주변은 산으로 둘러
싸여 있고 보이는 건 그냥 나무, 나무뿐이었다.

"짐은 내버려 두고 그냥 몸만 내리면 됩니다. 나머지는
저희가 산장 안으로 가져갈게요."

산장 입구에 차를 댄 스텝은 우리가 다 내리는 걸 보
고 짐을 하나씩 꺼내기 시작했다. 나는 보이는 거라고는
나무밖에 없는 산장 주변을 휘휘 둘러보며 그다음 일정
을 생각했다. 새벽부터 출발해 온 곳이 결국 산장이라니.
이곳에서 뭘 해야 하나? 그때 빗방울 하나가 콧잔등에 툭
떨어졌다.

"비네?"

바람이 한차례 씨잉, 소리가 나게 불었다. 어찌나 센지
아이들 몸이 휘청하는 것 같았다. 그걸 보니 섬으로 안
들어간 건 정말 잘한 것 같았다. 그나저나 바람은 세지고
빗방울은 떨어지는데 이거야말로 총체적 난국 아닌가?

하지만 아이들한텐 이까짓 바람과 비는 아무것도 아닌

모양이었다. 윤미와 세나는 나비처럼 팔랑거리며 뛰어다녔고, 정민이는 서 있는 자리에서 빙글빙글 돌며 계속 '대박, 대박'만 외쳤다. 태현이는 금방이라도 눈물을 쏟을 것 같은 큰 눈을 끔벅거리며 산장을 둘러봤다. 하영이는 핸드폰을 들어 여기저기 사진을 찍어 댔다.

"작가님, 텐트도 쳐 놓을까요?"

짐을 다 내린 스텝이 물었다. 바람이 이렇게 부는데 텐트를 쳐도 되려나 싶었다.

"저쪽에다 쳐요."

그때 정민이와 윤미가 손뼉까지 치며 말했다. 스텝이 내 얼굴을 쳐다봤다. 어떻게 할 거냐는 눈빛이었다. 나는 아무 대답 없이 고개만 끄덕였다. 아이들이 좋다는데 안 된다고 할 수가 없었다.

"금방 텐트 치겠습니다."

우리 차로 함께 온 스텝 두 명이 텐트를 치기 시작했다. 아무리 봐도 정말 고생이 많았다. 방송으로 보이는 모습을 보면 아무것도 아닌 것 같은데, 실제 스텝들의 일은 엄청 많았다.

"작가님, 대충 정리가 됐습니다. 저희는 다시 저 밑으

로 내려갔다가 다 같이 들어올게요. 안에 들어가서 쉬고
계세요."

"저희만요?"

"네. 금방 오니까 걱정하지 마세요."

"그 그래도."

아, 또다시 아이들과 남아 있으려니 가슴이 답답해
졌다.

"점심으로 먹을 음식도 안에 들어가면 있을 겁니다. 그
거 드시고 쉬고 계세요."

"배고플 텐데 식사하시고 가시지 그러세요?"

"저흰 이따 먹어도 됩니다. 그럼 다녀오겠습니다."

꾸벅 인사를 한 스텝이 쓰고 있던 모자를 고쳐 쓰고 봉
고차로 갔다. 손이라도 흔들어 주고 싶었지만, 지긋이 바
라보는 것으로 대신했다.

점심을 먹고도 한참이 지나고, 낮잠을 자고 나서도 한
참이 지났는데 오기로 한 사람들은 오지 않았다. 바람은
아까보다 더 거세졌고, 빗방울은 굵어져 내리는 속도가
장난이 아니었다. 그 탓에 창문이 쉴 새 없이 덜컹거렸
고, 비는 다다다다 쏟아져 멍 때리기는 좋았다. 창밖으로

마당에 처져 있는 텐트를 바라봤다. 바람결에 따라 휘청거리는 텐트를 보니 슬슬 걱정됐다. 그대로 놔뒀다간 텐트도 날아갈 것처럼 보였다.

"작가님, 다른 사람들은 언제 와요?"

하영이가 가져온 책을 보다 말고 물었다.

"그러게."

"전화 한번 해 보세요."

하영이 말에 들고 있던 전화 액정을 켰다. 사실 아까부터 전화는 계속했다. 다만 전화를 받지 않아 통화를 못 했을 뿐이다.

지이잉. 지이잉.

막 전화를 하려는데 김 PD의 번호가 액정에 떴다.

"왔다. 여보세요?"

"지지직. 여……지지직."

"여보세요? 여보세요."

김 PD의 전화는 잡음이 엄청 심하게 들려 뭐라고 하는지 도통 알아들을 수가 없었다.

"김 PD님, 여보세요? 말씀하세요?"

나는 어떡하든지 통화하기 위해 계속 김 PD를 불렀다.

하지만 전화기 너머에선 잡음만 계속 들릴 뿐 말은 들리지 않았다. 그러더니 뚝, 끊겨 버렸다.

"왜요? 통화가 안 돼요?"

"그러게. 잠깐만."

갑자기 불안감이 회오리가 되어 내 몸을 감쌌다.

"여보세요. 김 PD님! 안 들려요? 김 PD님!"

통화가 연결되자 나는 악다구니를 썼다. 그런데도 김 PD는 내 말이 안 들리는지 어떤 말도 안 들렸다.

"여기……지지직 비…지지직."

"뭐라고요? 비, 다 어쨌다고요?"

"리……못……지지직 지지직."

또 전화가 끊겼다. 다시 전화했다. 이번엔 한참 신호가 가는데도 받질 않았다.

"뭐라고 하는데요?"

이번엔 태현이와 정민이가 내 곁으로 와 물었다. 어느새 아이들이 나를 빙 둘러 서 있었다.

"모르겠어. 처음엔 비 그리고 다 그다음 리?"

"비, 다, 리요? 비다리? 비다리가 뭐지?"

정민이가 고개를 갸웃거리며 생각에 잠겼다. 그러는

사이 갑자기 하늘에서 '쿵!' 소리가 들리더니 '콰르르' 소리가 이어졌다.

"엄마얏!"

요란한 천둥소리에 다들 놀라 소리를 지르며 귀를 막았다. 그때 창문으로 '번쩍' 빛이 꽂혔다.

"으아악!"

"엄마아!"

혼비백산, 아비규환…… 나 이거야 원 참, 이러다 아는 사자성어는 다 나오겠다. 아무튼 정신이 어질할 정도로 상태가 심각했다. 바깥에서 나는 빗줄기 소리는 점점 커졌고, 쿵쾅 번쩍거리는 천둥소리는 머리끝이 쭈뼛 서도록 요란했다. 이토록 무서운 천둥소리는 처음이었다.

"꺄아악!"

나도 모르게 소리를 빽빽 질렀다. 놀라던 아이들은 더 놀라 나를 쳐다봤다.

"얘들아! 괜찮아. 이리로 와."

하지만 정신을 차리고 이 말을 내가 했……으면 좋으련만 이 말은 내 입에서 나간 게 아니었다. 매번 토를 달았던 바로 정민이 입에서 나갔다. 정민이가 팔을 뻗어 아이들을 모으는 시늉을 했다. 그때 내 위가 찌릿하더니 갑자기 바늘 끝으로 쿡쿡 찌르듯 아파지기 시작했다. 극도의 스트레스를 받으면 생기는 위통이었다.

"작가님, 왜 그러세요? 어디 아프세요?"

나도 모르게 배를 움켜잡고 무릎을 꿇었다.

"아 아니야. 배가 좀……. 금방 괜찮아질 거니까 걱정하지 마. 저기, 난 안에서 좀 쉬고 있을게."

"네. 저희가 다시 전화해 볼까요?"

하영이가 자신의 전화를 들고 물었다. 나는 고개만 끄덕여 줬다.

방으로 들어간 난 털썩 주저앉았다. 배가 아프기도 하거니와 이런 상황이 너무 버거웠다. 너무 어이가 없어서인지 피식, 웃음이 났다. 갑자기 내 인생이 참 버라이어티해졌다는 생각이 들었다.

"헐, 유리안 너 참 작가다운 인생을 한꺼번에 사는구나."

난 자포자기 된 심정으로 간이침대에 벌러덩 누웠다. 눈을 질근 감았다. 그냥 생각이라는 것을 안 하고 싶어졌다. 근래 들어 일어나는 모든 일들, 분명 나름의 이유가 있겠지만 버거웠다. 내가 어찌할 수 없는 일들 앞에서 무기력해지기도 했다. 그러나 인생의 진리, 분명히 이 순간도 지나갈 거다. 아니, 지나가야 한다.

"작가님, 작가님! 일어나세요."

어렴풋이 누군가가 나를 깨우는 목소리가 들렸다.

"누나, 나 배고파."

"작가님 일어나시면."

태현이와 윤미의 목소리가 들렸다.

"근데 밥은 어떻게 먹어?"

"밥? 맞다. 어떻게 먹지?

이번엔 정민이와 세나의 목소리도 섞였다.

"일단 작가님 깨면 작가님이 어른이니까 밥을 해 주실 거야. 태현아, 다시 한번 깨워 보자."

"작가님, 작가님!"

아이들의 목소리가 따끔따끔 몸을 찔렀다. 어떡하든 일어나려고 눈을 뜨려는데 자꾸만 감겼다. 온몸이 손끝 하나도 움직일 수 없을 만큼 축 처졌다.

"애 애들아, 으으윽."

나도 모르게 신음이 나왔다.

"얘들아, 작가님이 이상해. 많이 아프신가 봐?"

"작가님, 작가님! 괜찮으세요?"

다급하게 윤미가 괜찮냐고 물었지만, 난 괜찮지가 않았다.

"앗, 뜨거!"

윤미가 내 이마를 짚어 보더니 화들짝 놀라는 것 같았다. 눈은 뜨지 않았지만, 아이들의 눈망울들이 다 내 쪽으로 쏠려 있는 게 느껴졌다.

"작가님이 아까보다 더 많이 아프신가 봐."

"어떡해? 어떡하지?"

"일단 열을 내리는 게 먼저인 것 같아."

아이들이 우왕좌왕 들썩들썩하는 소리가 꿀벌들이 내는 소리처럼 윙윙거렸다. 그리고 내 의식은 깊은 연못으로 빠져들어 가듯 까무룩 해졌다.

툭툭 툭툭.

뭔가 자꾸 귀에 거슬리는 소리가 들렸다. 혼자 있는 집에 누가 왔을 리도 없고, 그렇다고 아무도 없는데 무슨 소리인지 알아보라고 할 수도 없어서 벌떡 일어나려 했지만…… 뭔가 묵직한 것이 나를 누르고 있어서 일어날 수가 없었다.

난 반쯤 일으켰던 몸을 다시 뉘었다가 천천히 몸을 일으켰다. 툭, 이마에서 뭔가 떨어졌다.

"이건 또 뭐지?"

이마를 만졌다. 축축한 기운이 느껴지는 게 이마에 올려 둔 물수건이 떨어진 것 같았다. 나는 어리둥절한 채 주변을 둘러봤다. 방 안엔 아이들이 여기저기 빨래처럼 널브러져 자고 있었다. 윤미는 내 발치 쪽이었고 세나가 내 허리쯤에 몸을 기대고 있었다.

"아!"

내 안에서 깊은 탄식이 터져 나왔다. 순간, 코끝도 시큰해졌다. 아이들이 그러니까, 아이들이 나를 간호하다 쓰러져 잠든 것 같았다. 바닥에 누워 있는 정민이와 태현이 옆에는 먹다 만 생라면 부스러기들도 보였고, 햄 포장지도 보였다.

"미 미안해."

처음으로 아이들에게 미안한 맘이 들었다. 함께한 일

주일 동안은 어떡하면 저 아이들과 헤어질까만 생각했다. 그리고 아이들이 날 좋아하지 않는다고 생각했는데 아이들은 내가 아프니까 밤새 간호를 한 것 같았다. 난 아이들을 멍하니 쳐다봤다. 같은 아이들인데도 달라 보였다. 그렇다. 달라 보였다. 그리고 또 하나가 달라 보였다. 아까 이마에서 떨어졌던 물수건이다. 그래, 물수건! 분명 물수건, 물수건이겠지?

"으윽, 더러워."

알고 보니 아이들이 내 이마에 올려 둔 건 걸레로 썼던 낡은 수건이었다.

"내가 진짜 미쳐."

아까 코끝까지 시큰했던 고마움이 일순간 사라졌다. 갑자기 걸레 때문에 이마에 뭐가 나는 건 아닐까 걱정도 됐다. 아니, 걸레인 걸 안 순간 온몸에 벌레가 기어 다니는 듯 근질거렸다. 난 입을 삐죽삐죽하며 밖으로 나왔다. 그냥 있다간 괜히 아이들을 깨워 폭풍 잔소리를 할 것 같았다.

태현이의 부상

"얘들아, 일어나."

나는 자는 아이들을 한 명씩 흔들어 깨웠다.

제일 먼저 일어난 건 역시 윤미였다.

"어? 작가님, 이제 괜찮으신 거예요?"

나는 윤미를 향해 고개를 끄덕여 줬다. 물론 덤으로 입
가엔 미소도 살짝 묻혔다.

"와, 정말요? 휴, 정말 다행이에요. 얼마나 걱정했는지
몰라요. 우린……."

윤미가 눈물까지 글썽거리며 두 손을 모았다. 또 빨강

머리 앤이 나올 것 같아 난 얼른 다른 아이들을 가리켰다.

"윤미야, 다른 애들은 네가 좀 깨울래? 난 국 끓이다가 들어왔거든."

나는 서둘러 밖으로 나갔다. 마침 즉석 미역국을 끓이고 있는 버너의 뚜껑이 들썩거렸다. 얼른 손잡이를 잡아 뚜껑을 열고 간을 봤다. 누가 끓여도 맛있는 즉석 국이지만, 내가 끓이니 더 맛있는 것 같았다.

"음, 좋아 좋은데. 역시 난 글도 잘 쓰는데 음식도 잘한단 말이야."

나는 기분이 좋아, 되도 않은 말을 중얼거렸다.

"작가님, 그건 태현이가 끓여도 맛있을걸요."

언제 나왔는지 정민이가 원치 않는 추임새로 한마디 했다. 난 속으로 '됐거든!'을 외치고 정민이를 바라봤다.

"다른 애들은 일어났어?"

"네. 근데 오늘 일정은 어떻게 해요? 아무도 없는데 촬영도 못 하잖아요."

"그러게. 일단 밥은 먹고 전화를 다시 해 보든가 하자."

사실 나도 눈뜨자마자 그게 걱정이었다. 어제는 그랬다 쳐도 오늘까지 들어오지 못한다면 큰일이었다. 예정이 1박 2일이라 딱 그 정도만 준비해 온데다, 마음은 이미 어제부터 빨리 나가고 싶은 맘이 굴뚝같았다.

"근데 작가님, 우린 오늘 뭐 해요?"

"뭐 하긴? 일단 PD 아저씨가 들어와야 아는 거지. 우리끼리 있는데 뭘 하겠어."

태현이 물음에 세나가 야무지게 말했다.

"만약에 못 들어오면?"

"못 들어오면? 그럼, 음…… 작가님, 정말 어떻게 해요?"

"맘대로 놀자. 어차피 여기까지 왔는데 그냥 산만 보고 갈 수는 없잖아."

정민이가 나를 대신해 대답했다. 딱히 나도 대안이 있는 것이 아니라 정민이 말에 고개를 끄덕였다. 그나저나 정말 방송팀이 들어오지 않으면 어떡하지? 생각만 해도 여러 가지로 문제가 커질 것 같아 걱정이 앞섰다.

하지만 애들은 역시 애들이었다. 아침을 먹자 아이들은 다 밖으로 뛰어나가더니 산장 앞 계곡이 보이는 곳으로 갔다. 간밤에 내린 비로 계곡물 높이가 꽤 올라 있어 내려가진 않고 언저리에서 놀았다. 노는 것만 보면 방송팀이 들어오건 말건 상관 안 하는 모습들이었다. 나는 아이들이 뛰어노는 모습을 보면서 김 PD에게 전화를 눌렀다.

띠리리링, 띠리링.

몇 번의 신호가 울리고 따가닥 소리와 함께 김 PD의 목소리가 들렸다.

"네. 유 작가님!"

"김 PD님!"

너무 반가운 나머지 눈물이 핑 돌았다.

"유 작가님! 죄송해요. 어제 많이 걱정하셨죠?"

"네. 어떻게 된 거예요?"

"어제 문자 남겼는데 안 보셨어요?"

"문자요?"

당연히 나는 못 봤다.

"어제 국지성 호우 때문에 차량이 통제돼서 올라갈 수가 없었어요. 나중에 윤미와 잠깐 통화를 했는데 그곳은 괜찮다고 해서 안심하고 문자만 남겼는데 못 보셨어요?"

"그랬군요."

김 PD는 오전 중에 출발한다는 말과 내 몸은 어떤지,

아이들은 괜찮은지를 묻고 전화를 끊었다. 전화를 끊고 나니 한시름 놓였다. 예정대로 일을 마무리하고 갈 거로 생각하니 한결 마음이 편해졌다.

"작가님, 큰일 났어요!"

그때 정민이가 허겁지겁 산장 안으로 들어왔다.

"왜? 무슨 일인데?"

"저기…… 헉헉, 태현이가……."

숨을 고르느라 정민이가 잠시 멈췄다.

"태현이가 뭐?"

"다쳤어요."

"다쳐? 어딜? 어떻게?"

너무 놀라서 말이 한꺼번에 마구 쏟아져 나왔다.

"계곡 근처에 유리 조각이 있었던 걸 모르고 맨발로 놀다가 발바닥이 찢어졌어요."

"발바닥이? 얼마나?"

나는 벌떡 일어나 당장이라도 뛰쳐나갈 태세를 취했다.

"좀 많이 찢어졌어요. 빨리 가 봐요."

가만 보니 정민이 손에도 피가 묻어 있었다. 난 짐 더미 속에서 의약품 상자를 찾았다. 하지만 의약품 상자는 보이지 않았다.

"약상자가 없어. 어떡하지?"

"저기, 작가님! 일단 화장지라도 가져가요."

정민이가 두루마리 화장지를 들었다. 난 종이 가방에 들어 있던 마른 수건을 꺼냈다. 상처가 많이 났다면 화장지로 힘들 수 있었다.

"가자."

나와 정민이는 태현이가 있는 곳으로 뛰어갔다. 맘은 엄청 급한데 몸은 맘처럼 따라주지 않았다.

"빨리요. 빨리!"

멀리서 세 아이가 손을 흔들며 우리를 불렀다. 태현이의 울음소리가 작게 들렸다.

"도대체 얼마나 다친 거야? 어디 봐."

아이들 딴엔 응급 처치라고 주변에 있는 풀을 뜯어다 발을 감싸 쥐고 있었다. 그런데 계속 피가 나왔는지 옆에 풀이 수북이 쌓여 있었다.

"좀 많이 찢어졌어요. 피가 계속 나요."

말을 전하는 윤미도 따라 울었는지 눈이 빨갰다.

"정민아, 화장지 줘 봐."

나는 정민이에게 화장지를 받아 쥐고는 태현이 발에 붙이고 있던 풀을 떼어 냈다.

"헉!"

나도 모르게 놀라 신음이 났다. 생각보다 발이 많이 찢어져 있었다. 아무래도 꿰매야 할 정도로 컸다.

"태현아, 아파도 좀 참아. 좀 전에 김 PD님하고 통화했거든. 오전 중에 출발한다고 했으니까 금방 오실 거야. 그럼 약으로 치료할 수 있어. 그러니까 좀만 참아. 알았지?"

태현이가 벌겋게 부푼 눈으로 눈물 한 방울을 톡 떨어뜨리면서 고개를 끄덕였다. 나는 화장지로 태현이 발을 돌돌 말았다. 그런 다음 챙겨 온 수건으로 감쌌다.

"윤미, 아니 루루야! 내가 태현이 업을 테니까 네가 옆에서 다친 다리 잡고 따라와. 알겠지?"

윤미가 고개를 끄덕이며 태현이 발을 잡았다. 나는 엉거주춤 앉아서 태현이를 업었다. '끙' 소리가 절로 나왔다. 아기도 업어 보지 않은 내가 어린아이를 업으려고 하니까 다리가 휘청거렸다.

"힘들어요?"

태현이가 내가 힘들어하는 걸 느꼈는지 등 뒤에서 물었다.

"아 아니야. 괜찮아. 너 말라서 하나도 안 무거워. 자, 가 볼까?"

말라서 하나도 안 무겁다고 말은 했지만, 사실 태현이는 좀 무거웠다. 허리에서부터 엉덩이에 이르기까지 뭔가 쏙 빠질 듯 힘들었다.

"태현아, 넌 완전 영광이겠다. 작가님 등에 업혀 보기도 하고."

윤미가 부러운 듯 태현이에게 말하자 그 와중에도 태현이가 히히 웃었다. 그러자 옆에 있던 세나가 '나도 다쳐서 업히고 싶다.'라고 말했다.

"야, 넌 안 돼. 뚱뚱해서 작가님 허리가 부러질 거야."

정민이가 세나에게 한마디 툭 던졌다.

"뭐라고? 나 안 뚱뚱하거든."

"하하하."

세나는 정민이 놀림에 씩씩거렸다. 하지만 다른 아이들은 그 덕분에 크게 웃었다.

한 시간이 지났는데도 태현이 상처는 아물지 않았다.

상처에서 계속 피가 배어났다.

"피를 멈추게 할 방법이 없을까?"

나는 누구랄 것 없이 혼잣말을 했다. 이러다 더 큰 문제가 생길까 봐 걱정이 이만저만 아니었다. 그때 불현듯 떠오르는 것이 있었다.

"맞아."

"뭐가요?"

하영이가 궁금한 얼굴로 나를 쳐다봤다.

"지혈제!"

"지혈제요?"

"응. 지금이 8월이니까 잘하면 엉겅퀴가 있을 거야. 엉겅퀴가 지혈초로 아주 좋거든."

"그게 어디 있는데요?"

나는 손가락으로 바깥을 가리켰다.

"산에 가시려고요?"

하영이가 용케 찰떡같이 알아맞혔다.

"그래야 할 것 같아. 아무래도 방송팀 올 때까지 기다리는 것은 좀 무리지 싶어."

"저도 따라갈게요."

정민이가 손을 들어 올리며 일어났다. 그러자 윤미도 일어났다. 하영이와 세나도 두 사람을 번갈아 보더니 일어났다.

"안 돼! 다는 못 가고 한 사람은 여기서 태현이를 돌봐야 할 것 같아. 누가 있을까?"

세 사람이 한꺼번에 윤미를 가리켰다. 윤미가 양어깨를 으쓱하며, 왜 나냐는 표정을 지었다.

"내 생각에도 네가 있는 게 나을 것 같아. 그래도 젤 연장자잖아."

"어머나, 작가님이 그렇게 말하니까 제가 완전 나이 먹은 사람 같잖아요. 저도 5학년이라고요."

"하하. 미안. 아무튼 네가 수고해 줘. 알겠지? 그리고······."

무슨 일 있으면 전화하라고 할 참이었는데, 핸드폰의 배터리 모양이 빨강빛으로 반짝였다.

"어쩌면 방송팀이 먼저 도착할지도 모르니까 괜찮을 거야. 부탁한다. 얘들아, 너희들 챙겨 온 긴 팔 있으면 그걸 하나씩 입어. 숲에는 벌레가 많아서 입는 게 좋을 것 같아."

아이들은 내 말대로 가져온 얇은 점퍼를 입고 모자까지 썼다. 나도 아이들처럼 긴팔 옷을 걸치고 모자를 쓴 후 따로 챙겨 온 작은 배낭에 물과 간식거리 그리고 비닐 봉지를 챙겼다. 흡사 심마니 복장이 되었다.

"갈까?"

나와 아이들은 산으로 가기 위해 밖으로 나갔다.

엉겅퀴를 찾아서

손 뻗으면 닿을 것 같은 거리에 산이 있다고 생각했다. 하지만 산장 뒤로 한참 걸어서야 산으로 들어갈 수 있는 길이 보였다.

"하, 이제 겨우 시원해졌다."

세나가 줄줄 흐르는 땀을 옷소매로 닦으며 말했다. 바람이 에어컨 바람보다 더 시원하게 우리 몸을 스치고 지나갔다. 산으로 올라가는 비좁은 길에 지난밤 비바람으로 쓰러져 있는 작은 나무들이 간간이 보이긴 했지만 나쁘진 않았다. 하영이는 벌써 힘든지 헉헉거리다 잠깐 자리에 멈춰 섰다. 우리도 그 자리에서 땀을 식혔다.

"근데 작가님, 만약에 우리가 찾는 약초가 없으면 어떡해요?"

"글쎄, 거기까지는 생각 안 해 봤네."

"엥? 무슨 작가님이 대책도 안 세우고 나서요?"

"글쎄 그것도 그러네."

"네?"

"하하하."

우르르. 파도 줄기 같은 바람이 또 한 차례 우리 곁을 휩쓸고 지나갔다. 그 속에 아이들의 웃음소리도 뒤섞여 지나갔다. 그 틈에 땀도 사라지고 불안감도 사라지는 것 같았다.

생각해 보면 아이들 말대로 난 참 대책 없는 사람인 것 같다. 처음 아이들과 함께 일주일을 같이 지내는 일도, 이렇게 여행하러 오는 일도 깊이 생각하지 않고 덥석 일을 저질렀다. 왜 그랬을까? 곰곰이 생각해 봤다. 예전 대학 때 다양한 경험으로 많은 이들에게 상담사 역할을 했던 과 선배가 떠올랐다.

"일단 저질러. 그래야 죽이 되든 밥이 되든 뭐가 있는 거야. 백날 생각만 하고 가만히 있어 봐라? 네 앞에 뭐가 있는가. 그러니까 명심해. 일 단 저 질 러!"

소심한 성격에 무얼 하든 결정 못 하고 헤매고 있는 나를 보고 늘 선배는 말했다. 처음엔 그 말이 너무 짜증이 나서 선배가 미웠다. 누구는 그걸 몰라서 안 하나? 하고 싶어도 안 되니까 힘들어하는 거지. 하지만 나중에 생각해 보니 나는 선배가 한 말에 대해 잘 모르고 있었다. 다만 어느 순간 그걸 깨닫고 난 후부터는 진짜 대책 없는 일을 많이 했다. 어쩌면 동화를 쓰겠다고 무모하게 덤빈 것도 그로 인해서인지도 모른다. 쓰면 쓸수록 동화가 어려울 줄 알았다면 과연 내가 그렇게 섣불리 덤빌 수 있었을까?

"작가님! 이제 가요."

내 팔을 툭 치며 정민이가 채근했다. 딴생각으로 빠지는 것도 늘 대책 없는 거나 마찬가지였다.

나는 서둘러 발걸음을 옮겼다. 어떡하든 방송팀이 오기 전에 치료해야 내 맘이 편할 것 같았다. 아이들도 내

뒤를 따라 조용히 걸었다. 좁은 산길은 풀과 나무로 빽빽했지만, 그럭저럭 걸음을 옮길 만했다. 가끔 길앞잡이 벌레가 시야를 방해하는 것만 빼면 괜찮았다.

"애들아, 잠깐만!"

난 가던 걸음을 멈추고 아이들을 돌아봤다. 아이들 눈빛이 순식간에 나에게 꽂혔다.

"여기에서 잠깐 흩어져서 찾아보자. 올라가기만 하면 시간만 더 걸릴 것 같으니까."

나는 주변을 휘이익 둘러봤다. 산이 낮아 아이들이 다니기엔 무리가 없을 것 같았지만 따로 다니기엔 나무나 풀이 너무 무성했다.

"애들아, 일단 너희 세 명은 같이 다녀. 아무래도 혼자 다니면 위험할 것 같아. 그리고 돌아다니면서 잘 봐야해. 색깔은 분홍빛에서 보랏빛 중간 사이야. 꽃술은 뾰족한 게 민들레처럼 뾰족해. 너희들 민들레 알지?"

"네."

"지칭개, 조뱅이, 방가지똥처럼 생기기도 했어. 물론 방가지똥이나 민들레는 색깔이 다르니까 구분이 쉽긴 하지만."

"헤헤. 꽃 이름이 방가지똥이래."

"조뱅이도 있어. 큭큭."

"부침개도 아니고 지칭개래?"

아이들이 저마다 야생초 이름을 가지고 웃어 댔다.

"근데 작가님은 어떻게 그 많은 약초 이름을 알아요?"

하영이가 신기한 듯 물었다.

"응. 예전에 동화를 쓰려는데 야생초가 필요한 부분이
있었거든. 그래서 조사를 했는데 그때 엉겅퀴나 지칭개,
조뱅이가 지혈에 좋다는 걸 알았지."

"와, 그럼 글 쓰려면 공부도 잘해야겠네요?"

"뭐 꼭 잘해야 할 필요는 없지만, 글 쓰다 보면 자신의
부족함은 자기가 더 잘 아니까 할 수밖에 없지. 또 모르
는 건 당연히 조사를 철저히 하고. 그러다 보면 공부는
저절로 되기도 하고."

"아!"

하영이가 고개를 연방 끄덕였다.

"아, 그리고 아까도 말했지만, 꼭 엉겅퀴가 아니어도
조뱅이나 지칭개도 괜찮아. 그러니까 무조건 발견하면
그걸 채취해."

"네."

"그럼 시작해 볼까?"

우린 계속해서 올라갔다. 그러다 어느 순간 세 갈래 길이 나왔다.

"얘들아, 난 이쪽으로 갈 테니까 너흰 그 옆으로 가 볼래?"

나는 올라왔던 길 왼쪽으로 움직였고, 아이들은 오른쪽으로 움직였다. 길은 좁지만 평평하게 잘 다져져 있어서 아이들만 보내도 조금 안심이 되었다.

"아, 맞다. 시간을 안 정해 줬네."

난 그때야 아이들과 만날 시간을 정해 놓지 않은 게 떠올랐다. 하영이 말대로 약초가 없는데 계속 다녀서도 안 될 말이었다. 나는 내 머리를 콕 쥐어박은 후 아이들이 간 방향으로 손나팔을 만들어 소리를 질렀다.

"얘들아!"

얘들아~.

작게 메아리가 울렸다. 그 뒤로 아이들의 대답 소리도 메아리로 돌아왔다.

"네~."

"한 시간 후에 보자."

난 최대한 목청껏 소리를 질렀다. 뒤따라 곧 아이들의 대답 소리가 메아리와 섞여 들렸다.

온몸이 땀으로 축축해졌다. 거의 한 시간 가까이 흘렀다. 그런데 내 눈엔 아직 엉겅퀴나 그 비슷한 그 무엇도 눈에 띄지 않았다. 이러다 정말 아무것도 못 캐갈 봐 은근히 걱정됐다

"휴. 어쩌지?"

앉기 편한 바위 하나가 있어서 엉덩이를 걸치고 앉아 숨을 돌렸다. 벌겋게 달아오른 볼이 심장처럼 팔딱팔딱 뛰었다. 간만에 운동다운 운동은 한 것 같은데 마음은 영 편하지 않았다. 바위 옆에 나 있는 풀잎을 쭉 뜯어 잘근 잘근 찢었다. 아무래도 내려가야 할 것 같은데 어떻게 해야 할지 몰라 망설여졌다.

"작~~가~~님~~!"

그때였다. 멀리서 아이들이 부르는 소리가 들렸다. 나는 바위에서 벌떡 일어나 소리가 나는 방향으로 걸었다.

"나 여깄다."

최대한 큰소리로 답변을 하자 아이들이 빨리 그쪽으로 오라는 말을 했다. 나는 약간 몸이 처지는 느낌이 들었지만 서둘러 걸었다. 문득 누군가 다쳐 그런 건 아닐까 하는 걱정도 앞섰지만, 아니길 바라며 걸음을 재촉했다. 다리가 살짝 엉키는 기분이 들 만큼 나는 조금 지쳐 있었다.

　"여기, 여기예요."

　아이들이 상기된 얼굴로 나를 향해 손짓했다.

　"왜 그러는데?"

　"저희가 발견했어요."

　"정말?"

　순간 나도 기쁨에 들떠 아이들이 가리키는 쪽을 바라봤다. 산비탈 기슭에 연보랏빛 야생초가 있었다.

　"맞죠? 뾰족뾰족하고 색깔은 연보라빛."

　"응. 맞는데…… 저건 아니야."

　"네? 아니라고요? 왜 아니에요? 똑같은 것 아니에요?"

　정민이가 퉁명스럽게 되물었다.

　"저건 엉겅퀴가 아니라 뻐꾹채야. 꽃은 비슷해 보이지만 잎사귀를 보면 뻐꾹채는 당근 잎사귀처럼 생겼잖아. 엉겅퀴는 더 뾰족하면서 씀바귀 잎사귀처럼 생겼거든."

"에잇, 아쉽다. 그럼 어떡해요? 그냥 내려가야 해요?"

난감했다. 정민이 말대로 그냥 내려가야 할지 아니면 발견할 때까지 더 찾아볼지 정하기 힘들었다.

"일단 내려가자. 가는 동안 더 잘 살피면서 가는 게 좋을 것 같아. 우리가 올라오면서 그냥 지나쳤을 수도 있으니까 눈 크게 뜨고 봐. 알겠지?"

이젠 어쩔 수 없었다. 만약에 약초를 캐지 못한다 해도 방송팀이 들어오면 응급약품이 있을 거고, 또 오후엔 나간다. 이쯤이면 태현이가 있는 곳으로 가는 것이 맞는 것 같았다.

"태현이가 실망할까요?"

세나가 미안한 얼굴로 물었다.

"아니야. 태현이도 분명 이해해 줄 거야. 그러니까 걱정하지 말고 얼른 내려갈까?"

이번에도 내가 앞장서서 길을 나섰다. 맘이 편한 건 아니지만 내려간다고 생각하니까 뭔가 해결된 느낌도 들었다.

"어? 저거, 보라색이지?"

세나가 뒤따라오다 말고 산기슭 쪽을 가리켰다.

"엉. 맞는 것 같아. 작가님, 저건 엉겅퀴 맞아요?"

바로 하영이가 따라 물었다. 아이들이 가리키는 곳을 보니 정말 엉겅퀴가 있었다.

"맞네. 저거 엉겅퀴야."

"아, 근데 저걸 어떻게 꺾어요? 올라가는 게 힘들 것 같아요."

우리 중 아무도 대답하는 사람은 없었다. 굳이 정민이가 말하지 않아도 다 그 생각을 하고 있었던 것 같았다.

"저거야말로 진짜 그림의 떡인 것 같아요."

하영이 말이 맞았다. 아무리 우리가 찾던 것이 눈앞에 있어도 손에 쥐기 힘들면 그림의 떡이 아니고 무엇일까?

"제가 올라가 볼게요. 조금만 올라가서 꺾으면 될 것도 같아요."

정민이가 엉겅퀴와 나를 번갈아 보며 말했다. 그러나 안 될 소리였다. 정민이는 체구도 작을뿐더러 비탈진 곳이라 자칫 잘못하면 미끄러질 수도 있었다.

"안 돼. 위험해."

"그럼 그냥 가자고요?"

"……."

"위험하다잖아."

세나가 안타까운 듯 한마디 했다.

"누가 간 댔니?"

"그럼, 어떡하실 건데요?"

아이들이 내 얼굴을 빤히 쳐다봤다. 궁금해 죽겠다는 표정이었다.

"여기!"

내가 가슴 부위를 손으로 쿡쿡 찌르며 가리켰다.

"작가님요?"

세 아이가 한꺼번에 놀란 얼굴로 쳐다봤다. 더러운 것과 위험한 것을 아주 싫어한다는 것쯤은 나보다 아이들이 더 잘 알 것이다. 그런데 내가 간다고 했으니 놀라는 것도 무리가 아니었다. 나는 씨익, 웃으며 세차게 고개를 끄덕였다.

가방 안에서 장갑을 꺼냈다. 오른쪽부터 한 쪽씩 장갑을 끼었다. 그리고 마치 수술을 집도하는 의사처럼 팔을 위로 들었다. 고개를 한 번 끄덕였다. 이 정도면 엉겅퀴를 캐기 위한 만반의 준비는 끝났다.

"자, 시작해 볼까?"

나는 늘 글쓰기 전 했던 말을 중얼거렸다. 마침내 발 하나를 떼었다.

인생 동화

"쪼금만 더 쪼금만!"

내 손이 엉겅퀴에 닿을락 말락 할 때마다, 아래에서 아이들의 응원 소리가 계속 들렸다. 나는 마치 암벽 등반하듯 조심스럽게 한 발을 떼어 옆에 있는 나뭇가지에 갖다 댔다. 받쳐 주는 느낌이 약간 불안했지만, 그럭저럭 괜찮았다. 마지막으로 안간힘을 써서 엉겅퀴에 손을 뻗었다. 잡혔다.

"야아아!"

아이들의 환호성이 들렸다. 내 안에서도 기쁨이 분수

처럼 치솟아 올랐다.

"야호, 얘들아!"

엉겅퀴를 뽑아 살짝 몸을 돌렸다. 그리고 아이들을 향해 뽑은 엉겅퀴를 흔들어 줬다. 이건 거의 뭐 금메달 쥐고 흔드는 모양새였다. 아이들이 환하게 웃었다. 나도 환하게 웃었다. 그다음은? 모른다. 정신 차리고 보니 아이들이 글썽거리는 눈으로 나를 내려다봤다.

"작가님! 괜찮으세요?"

그나마 조금이라도 차분한 정민이가 물었다. 옆에 있던 하영이는 아예 눈물을 흘리고 있었다. 순간 정신이 번쩍 들었다. 몸 여기저기가 좀 아픈 것 같기는 한데 쪽 팔림이 더했다. 아무렇지 않은 것처럼 하려고 몸을 일으켰다.

"아야야야."

신음이 절로 났다. 기슭에서 구르면서 여기저기 부딪혀 결리고 아팠다. 서 있던 아이들이 얼른 쭈그리고 앉더니 나를 부축했다.

"아니야. 괜찮아. 일어날 수 있어."

나는 잠깐 심호흡을 하고 다리에 힘을 준 후 일어났다.

엉거주춤이라도 일어나졌다. 하영이가 글썽이는 눈으로
나를 쳐다봤다.

"이번엔 작가님이 사고당하는 줄 알고 정말 놀랐어요."

"뭐 이 정도로. 괜찮아."

나는 아까보다 더 씩씩하니 말했다. 내 말풍선은 '아구
구, 죽겠다.'였지만 어른이 돼서 그런 모습을 보이는 건
체면이 말이 아니었다.

"정말 이만하길 다행이에요."

세나가 내 옷을 털어 주며 말했다. 그제야 보니 옷 여
기저기 풀물과 흙이 묻어 있었다.

"작가님 더러운 것 딱 질색인데 어떡해요?"

그러게 말이다. 정말 더러운 건 딱 질색인데 지금은 이
상하게 괜찮았다. 나는 오른손으로 꽉 쥐고 있는 엉겅퀴
를 바라봤다.

"우리에겐 엉겅퀴가 있잖아. 이깟 더러움쯤이야 뭐 우
습지. 안 그래? 하하."

난 전에 없이 허풍스럽고, 과장되게 웃었다. 비록 옆구
리가 결려 이마와 미간은 찌푸렸지만.

내려오는 길은 올라갈 때보다 훨씬 빨랐다. 다만 몸 여

기저기가 욱신거려 힘들었는데 또 움직이다 보면 그것도 참을 만했다.

"많이 쓰라리지? 그래도 조금만 붙이고 있으면 상처가 빨리 나을 거야. 그러니까 좀 참자."

엉겅퀴 찧은 것을 발바닥에 붙이고 감싸 매 주자 태현이가 이맛살을 찌푸렸다. 상처에 닿으니 쓰라린 것이 분명했다.

"근데 작가님은 괜찮으세요? 애들 말로는 작가님도 다쳤다고 하던데."

윤미가 날 보고 걱정스레 물었다.

"응. 괜찮아. 난 특별히 다치지 않았으니까. 그나저나 힘들었지?"

"아니에요. 전 오히려 여기 가만히 있어서 하나도 안 힘들었어요. 근데 작가님?"

"응. 왜?"

윤미가 불러놓고 쳐다보기만 했다.

"무슨 할 말 있었던 거 아니야?"

"……저, 나중에 작가님 책 나오면 사인해서 주시면 안 돼요?"

어렵사리 얘기를 꺼낸 듯 윤미가 날 보던 눈길을 제 다리에 두었다.

"우리 아빠는 작가님 동화를 참 좋아했어요. 힛."

갑자기 윤미가 뚱딴지같은 소리를 했다.

"고맙다고 전해드려. 근데…… 좋아했다니?"

"네. 아빠는…… 돌아가셨어요. 이 년 전에요. 그래서 나중에 아빠 성묘 갈 때 작가님 책 가져가서 읽어 드리려고요."

밝은 얼굴 어디에도 그늘이 보이지 않던 윤미가 눈시울을 붉혔다. 지나치게 활발함이 뭔가 억지스러웠는데 그 가면 속에 윤미는 아픔을 숨기고 있었던 것 같다.

"아빠가 보는 눈이 확실히 있는 것 같아요."

"그게 무슨 말이야?"

"이번 참에 확실히 느꼈어요. 왜 작가님 책을 그렇게 좋아했는지. 작가님은 정말 맘이 따뜻하신 분이에요."

순간 얼굴로 뜨거운 기운이 훅 올라왔다. 따뜻하신 분이라니. 내 인생에서 어린아이에게 따뜻한 분이라는 희귀한 말을 들을 줄은 꿈에도 몰랐다.

"작가님, 차 들어왔어요. 어서 나와 보세요."

쑥스러움에 몸 둘 바를 모르고 있는데 밖에서 세나가 불렀다. 난 화들짝 놀라 벌떡 일어났다.

"으윽."

역시 온몸 구석구석 안 아픈 데가 없었다.

"괜찮으세요?"

"어허허. 괜찮아. 나 나갔다 올게."

나는 부리나케 밖으로 나갔다. 처음 우리를 내려 줬던 자리에 봉고차가 서 있었다.

"유 작가님!"

김 PD가 손을 들고 반갑게 알은체했다. 꾀죄죄한 모습이 어째 제대로 쉬지 못하고 온 것 같은 느낌이 들었다.

"이번엔 무사히 오셨네요? 다 괜찮나요?"

"물론이죠. 아무튼 죄송합니다. 어떻게 일정이 이렇게 꼬이게 돼서 정말 몸 둘 바를 모르겠습니다."

"뭐 일부러 그러신 것도 아닌데요. 뭐. 근데 촬영은 예정대로 하나요?"

"네. 근데 한 가지 부탁드릴 것이 있습니다."

부탁이라는 말만 들으면 이젠 가슴부터 두근거린다. 도대체 또 이번엔 무슨 말로 나를 놀라게 할지 지레 겁부터 났다.

"어제 분량을 못 찍었잖아요. 그래서 오늘 하루 더 있다가 내일 갔으면 해서요. 제가 아이들 부모님께는 이미 연락을 드렸습니다."

당신만 오케이 하면 돼, 하는 눈빛으로 김 PD의 눈이 반짝거렸다. 이젠 뭐 이런 말엔 놀랍지도 않다. 그간에 있었던 일을 떠올리면 그냥 껌 같았다. 나는 아이들이 있는 곳을 바라봤다. 아이들은 차에서 내리는 짐들을 구경하는데 쏙 빠져 있었다. 그걸 보니 하루 정도 더 있는다고 세상이 뒤바뀔 것 같지는 않았다.

"그럼 김 PD님! 약속하세요."

"네. 말씀만 하세요."

처음 김 PD를 만나러 갔을 때 짓던 그 사람 좋은 웃음을 흘렸다.

"여기서 동화 한 편 제대로 찍게 만들어 주실 건가요?"

"동화요?"

"네. 인생이란 동화 한 편 제대로 찍게 도와주신다면 뭐, 하루 정도 그까짓 거 대충 있을 수 있죠."

내가 웃으며 지나간 개그를 날렸다.

"아, 그거요? 좋습니다. 이번에야말로 아이들과 멋진 동화 한 편 만들죠. 하하."

아이들이 스텝들과 함께 하나씩 짐을 들고 우리가 있는 쪽으로 오고 있었다. 무거울 텐데 아랑곳하지 않고 웃고 있었다. 재잘재잘 뭐가 그리도 즐거운지 입도 쉬지 않았다. 그간에 있었던 일이 주마등처럼 스쳐 지나갔다. 마지못해 응했다가 계속 투덜거리며 싫어하고 원망했던 나와, 그것과 상관없이 자유롭게 지냈던 아이들. 사실 외계인처럼 종잡을 수 없는 존재라고 생각했던 건 내 편견이었다.

순간 마음 안에 전등불 하나가 켜진 듯 환해졌다. 아이들 모습이 온전히 내 안으로 들어왔다. 이제야 비로소 아이들 모습이 보이기 시작했다.

"흐르는 물 같구나."

그랬다. 아이들은 흐르는 물처럼 매번 달랐다. 마치 개울에서 계곡으로, 계곡에서 강으로, 강에서 바다로 흐르는 물처럼 상황에 따라 바뀌었다. 하지만 그것이야말로 진짜 살아 있기에 가능한 거 아닐까? 어떤 틀에 묶어 두고 이러쿵저러쿵하는 건 늘 어른들이었고. 그래, 그렇다면 나 동화 작가 유리안의 할 일은? 아이들이 자기 결 따라 잘 흘러갈 수 있게 지금부터 마음의 길잡이가 되어 주면 좋겠지?

"호호호, 이 녀석들 너흰 이제 내 손안에 있다. 딱 기다려라!"

작가의 말

첫 책이 나온 지 딱 10년째 된다. 등단까지 치자면 14년째다. 어느새 세월이 그렇게 훌쩍 흘러 있다. 그간 나는 임지형이란 작가로 잘살고 있다. 한때는 작가가 된 게 후회가 될 만큼 힘든 적도 많았고, 다른 일을 해 볼까 고민한 적도 많았다. 얼마나 힘들었으면 누군가 작가가 되고 싶다고 하면 응원을 하는 것이 아니라, 도시락을 싸 들고 다니며 말리고 싶었겠는가. 하지만 고등학교 때부터 작가의 꿈을 키웠고, 그 꿈을 이루기까지 꽤 오랜 세월을 준비하고 견딘 것에 비하면 아무것도 아니다.

글 쓰는 게 좋다. 행복하다. 쓸 때 비로소 살아 있는 것 같다. 하지만 그런 감정은 안 써져서 고통스러울 때를 겪어 봐야 정확히 알 수 있다. 망망대해 같은 빈 문서에 한 글자 한 글자를 써 내려갈 때마다 태평양에서 나룻배를 저어 가는 기분이랄까. 눈 쌓인 산 위를 아이젠 없이 올라가는 기분이랄까. 하루하루가 따로 영화관에서 돈 주고 공포 영화를 보지 않아도 심장이 조여 숨쉬기 힘든 기분이랄까. 아무튼 글 쓰기는 굉장한 인내심을 가지게 한다. 그리고 힘든 그 과정을 견디면서 꾸준히 써 나가다 보면, 때로 로또 없이 세상을 다 얻은 듯 충만한 기쁨과 행복을 얻는다. 그래서 박완서 작가님은 그 어떤 직업과도 바꾸고 싶지 않은 게 작가라고 자부심을 가졌는지도 모르겠다.

지금까지 주로 동화를 썼다. 앞으로도 꾸준히 쓸 거다. 그 틈 사이로 어른들을 위한 글도 써 볼 생각이다. 그 첫 번째 일환으로 어른들을 위한 동화적인 소설을 썼다. 그 말은 동화라고 말하기도 혹은 소설이라고 말하기도 애매한 어떤 지점이 있다는 뜻도 있지만 경계를 지웠다는 뜻도 된다. 커피도 믹스 커피가 달달하니 맛있고, 강아지도 믹스견이 인기가 좋다는데, 작품 하나 정도는 동화와 소설이 믹스돼 나오는 것도 의미가 있지 않을까 싶었다. 사실 지금에 와서 하는 이야기지만 모든 것의 의미는 다 읽고 난 후 좋으면 '의미'가 생기는 것이다. 그러니 많이 읽어 주십사 부탁하고 싶다. 그래야 계속해서 새로운 시도를 해 볼 것이 아닌가.

작가가 되고 나서 깨달았다. 훌륭한 작가는 결국 독자가 키워 주는 거다. 독자 없는 작품은 의미 없다. 독자가 많이 읽어 줘야 작가는 그 힘으로 차기작을 낼 수 있다. 그 작품 중에 각 온라인서점에서 투표하는 올해의 책이 나오는 거고, 한 집에 한 권 정도 구비해 놓는 책이 되기도 하고, 더 나아가 해외로 나가 부커상 수상작이나 노벨문학상 수상작이 될 수도 있다. 하지만 읽어 주는 수가 적으면 1쇄나 겨우 찍고 연말이면 창고 정리와 함께 재고도 다 정리돼 절판이 되는 것이다.

이 책이 각 온라인 서점에서 올해의 책까지는 언감생심 바라지도 않는다. 다만 핸드폰 대신에 손에 들려 틈만 나면 읽는 아주 재밌는 책이 되면 좋겠다. 그리고 누구를 만나든 '이 책 한 번 읽어 봐.'라고 권해 주는 책이면 더 좋겠다. (음, 이 정도면 올해의 책이 되겠는걸. 하지만 난 바라지 않는다고! 뭐 굳이 해주시겠다면 사양은 하지 않겠다만.) SNS 같은데 책 소개를 올린다고 누가 잡아가지도 않고, 법에 저촉도 안 된다. 그러니 제발 입소문 좀 많이 내주시라. 장담하건대, 이 책이 잘되면 다 당신 덕이다. 당신 만나면 술 한 잔 사겠다.

임지형